KB059942

바다, 소녀
혹은 키스

바다, 소녀 혹은 키스

최상희
소설집

사□계절

차 례

방주   9

잘 자요, 너구리   41

한밤의 미스터 고양이   71

굿바이, 지나   93

아이슬란드   145

무나의 노래   175

수영장   197

고백   227

작가의 말   242

방주

그 순간 털어놓고 싶은 충동이 일었다.

매일 밤 나를 두렵게 하는 것은 천재지변과

전쟁과 핵폭발, 외계인의 침공이 아니라

깊은 한숨 소리와 소리 죽인 슬픔이라는 것을.

사랑하는 사람을 잃은 것만큼이나 견디기 힘든 것은

사랑하는 사람이 조금씩 무너져 가는 것을

지켜보는 일 _____ 이라고 말하고 싶었다.

일 년에 한 번, 방주를 비우는 날이 우리 집 잔칫날이다. 마당 한가운데, 무성히 자란 잔디와 구분이 쉽지 않지만 단 한 번도 그 위치를 헷갈린 적 없는 방주 뚜껑을 열고 아빠와 나는 땅속 으로 들어갔다.

자동 센서가 작동하자 사방 7제곱미터의 방주가 환하게 밝 아졌다. 우리는 먼저 선반에 쌓아 놓은 통조림부터 시작했다. 각종 생선과 고기, 채소 절임과 과일 통조림. 토마토소스와 수 프 캔도 있었다. 하나하나 조사한 뒤 녹이 슬거나 수상하게 부 푼 것들은 분류해 냈다. 유통기한이 일 년 이하인 것도 분류 대 상이었다. 그다음은 큼직한 플라스틱 통들에 담긴 쌀과 콩, 옥 수숫가루 등의 곡류 차례였다. 벌레가 끼거나 곰팡이가 난 것 은 없었으나 일단은 통에서 비웠다. 라면과 국수, 과자의 유통기한은 생각보다 짧아서 모두 폐기 대상이다.

이 정도는 시작에 불과했다. 아직 거대한 냉동고 세 대가 남아 있었다. 그 안에는 우리 반 아이들 한 달 급식으로도 충분할 만큼의 채소와 고기, 생선, 만두와 피자 등이 냉동되어 있다. 후식으로 먹을 치즈 케이크와 아이스크림도 물론 빼놓을 수 없다.

이른 아침부터 시작한 분류 작업은 하루 종일 걸렸다. 냉동고 맨 안쪽에 들어 있던 냉동 채소 포장지의 유통기한을 확인할 무렵에는 이미 손가락에 감각이 없었다. 미칠 듯한 허기가 밀려와 머릿속이 멍하고 다리가 후들거렸다.

더는 참을 수 없다고 생각한 순간, 드디어 아빠가 팬 위에 고기를 굽기 시작했다. 전자레인지는 땡땡, 하고 해동 혹은 조리가 끝났다는 신호음을 끊임없이 울렸고, 오븐에서는 맛있는 냄새가 풍겨 나왔다. 자가발전기가 돌아가며 음식을 굽거나 익혔다. 죽어 있던 것들이 맹렬히 부활하는 순간이었다.

우리는 정신없이 먹었다. 깡통에서 따라 내 데운 수프와 냉동 채소로 만든 샐러드, 토마토 파스타와 볶음밥, 버터에 구운 생선과 오징어와 탱탱한 속살이 꽉 찬 새우, 육즙이 주르륵 흘러나오는 스테이크, 치즈와 감자로 속을 채워 구운 닭과 베이컨과 햄을 넣은 샌드위치, 도우가 바삭하게 구워진 피자와 김이 퐁퐁 솟아오르는 만두…….

"아아, 더는 못 먹겠어요."

나는 힘겹게 숨을 몰아쉬며 말했다.

"벨트를 풀어."

아빠가 마지막 남은 만두를 입에 밀어 넣으며 말했다.

"요즘 벨트 차는 애가 어딨어요?"

"그래? 그거 안타깝구나."

아빠는 회심의 미소를 지었다. 나는 그 미소의 의미를 알아챘다. 아빠는 세상이 두 쪽 나도 내가 포기 못하는 것이 무엇인지 잘 알고 있다. 바닐라 아이스크림을 곁들인 치즈 케이크. 나는 바지 단추를 풀고 아빠가 내온 마지막 접시를 향해 득달같이 달려들었다.

"완벽해."

아빠는 갓 뽑은 에스프레소를 한 모금 마시고 중얼거렸다. 공기 청정기와 산소 공급기, 자동 온도 조절기가 완벽하게 작동 중인 방주 안은 쾌적한 온도와 습도가 유지되고 있었다. 음식 냄새는 온데간데없이 사라지고 산뜻한 레몬 냄새가 감돌았다.

"위에서 무슨 일이 일어나도 여기는 끄떡없을 거다."

"네, 맞아요, 아빠. 그럴 거예요. 여긴 끄떡없어요."

나는 포만감으로 정신이 몽롱해져서 중얼거렸다. 완벽한 충족감을 위해 나는 아침부터 쫄쫄 굶었고, 이런 풍성한 잔칫상을 위해 아빠와 나는 일 년 동안 단출한 식사를 해 왔다.

우리는 손발 잘 맞는 마술사와 조수처럼 순식간에 식탁을 치우고 설거지를 했다. 물탱크와 정수기는 아무 문제 없었고 오물 처리기도 탈 없이 작동했다. 아빠와 내가 번갈아 소변을 봤고 하수 처리기가 잘 돌아가는지도 확인했다. 그러고 나서 흐물흐물 녹기 시작한 냉동 재료와 유통기한이 얼마 남지 않은 통조림과 식료품을 커다란 비닐봉지에 나누어 담았다.

터질 듯한 봉투를 양손에 들고 마지막으로 방주 안을 둘러보았다. 새로 채워 넣은 선반의 통조림은 가지런히 줄지어 있고 신선한 식품으로 다시 꽉 채운 세 대의 냉동고는 기세 좋게 윙윙 잘 돌아가고 있었다. 아빠가 나를 위해 비워 둔 선반 한 칸에는 『십오 소년 표류기』, 『해저 2만 리』, 『레 미제라블』, 『파이 이야기』, 『마션』, 『콘택트』 등 탈출과 생존에 관한 소설 몇 권이 꽂혀 있고, 그 옆에는 엄마 사진을 끼워 넣은 액자가 놓여 있었다.

땅 위로 돌아오니 이미 늦은 밤이었다. 주위는 조용했고 멀리서 이따금 개 짖는 소리가 들려올 뿐이었다. 손에 든 봉지에서 덜그럭덜그럭, 통조림이 서로 부딪치는 소리가 났다. 우리는 한동안은 유통기한이 다 된 통조림을 먹을 것이고, 간혹 유통기한이 지난 통조림도 먹을 것이다. 방주를 비우고 다시 채우는 날을 위해 검소한 생활을 할 것이다. 방주는 일 년에 한 번 열린다.

방주가 완성된 건 3년 전이었다. 문을 통과할 수 없어 담장을 허물고서야 겨우 마당으로 들어올 수 있었던 포클레인이 첫 삽을 뜬 지 2년 만의 일이었다. 흐드러진 장미 넝쿨을 올려 동네에서 제일 예쁜 담을 꾸민 엄마가 알면 큰일 날 일이었지만 다행히 엄마는 그 광경을 보지 못했다.

엄마가 정성 들여 가꾼 뜰이 엉망으로 파헤쳐지기 일 년 전 어느 여름날, 저녁 찬거리를 사러 나간 엄마는 영영 집으로 돌아오지 않았다. 그날따라 유독 바람이 불었다. 흩날리는 치맛자락을 한 손으로 누르며 다른 한 손으로는 휴대폰을 들고 전화를 걸어 평소처럼 상냥한 목소리로 여보, 오늘 저녁엔 특별 요리가 있으니 일찍 들어와요, 라고 말한 뒤 미처 대답을 다 듣지도 못하고 엄마는 그 자리에서 쓰러졌다.

때마침 불어온 돌풍이 건물 3층에 덜렁거리며 달려 있던 낡은 간판을 떼어 내 버렸고, 그 간판이 정확히 엄마의 머리 위로 떨어진 것이다. 내가 열 살 때 일이었는데, 이상하게도 그날부터 며칠간은 거의 기억이 나지 않는다. 누가 내게 엄마의 죽음을 알렸는지, 장례식은 어떻게 치러졌는지, 외할머니가 울면서 내게 뭐라고 말했는지, 내가 뭘 먹고 얼마나 잤는지, 숨은 쉬었는지, 잘 생각이 나지 않는다. 또렷이 기억나는 건 장례식이 끝나고 돌아와 현관문을 열었던 순간이다. 이제 이 세상에는 엄마가 없다는 걸, 나는 확실히 깨달았다.

아빠는 엄마의 장례식이 끝나고도 회사에 나가지 않았다. 학교 가려고 가방을 메고 안방 문을 열어 보면 아빠는 커튼을 드리운 어둑한 방 안에서 눈을 뜬 채 침대에 누워 있었다. 자다가 오줌을 누려고 화장실에 가다 보면 아빠는 불도 켜지 않고 주방 식탁에 우두커니 앉아 있었다. 어둠 속에서 아빠는 아마도 나와 비슷한 것들을 생각하고 있었을 것이다. 빗나간 일기 예보, 아무도 예상 못 한 태풍의 위력, 곧 교체할 예정이던 낡은 간판, 그날따라 하필 먹고 싶었던 갈비찜.

더 있었다. 꿈에서도 상상해 본 적 없는 일이 왜 하필 엄마에게, 그리고 우리에게 일어났는지 나는 저주와 원망을 줄기차게 해 댔다. 하지만 제일 많이 생각한 건 엄마였다. 둥그스름한 얼굴, 부드러운 목소리, 따뜻한 손, 나를 안아 주던 넉넉한 품, 그때 나던 로션 냄새.

그러나 아빠는 달랐다. 아빠가 가장 많이 한 것이 원망이나 저주, 그리움과 슬픔이 아니었다는 걸 나는 그때는 알지 못했다. 아빠가 가장 많이 한 것은 자책이었다. 아빠는 끊임없이 엄마의 마지막 목소리를 떠올렸고 동시에 그때 했던 자신의 대답을 곱씹었다. 바쁘니까 끊어, 라고 말했다고 한다. 아빠는 거의 먹지도 자지도 않았다. 아빠에게 남은 것은 오직 후회와 고통뿐이었다. 담임선생님이 우리 집에 찾아왔을 때에야 아빠는 비로소 세상에 후회와 고통 말고도 내가 남아 있음을 깨달았다. 갈아입을 옷이 없어서 내가 사흘째 결석한 날이었다.

그 순간이었을지도 모른다. 아빠가 태풍과 간판의 공격, 홍수, 지진, 화재, 어쩌면 핵폭발과 전쟁, 심지어 외계인의 침략, 그리고 저주받은 운명으로부터 달아나 숨을 수 있는 완벽한 은신처를 떠올린 것은. 신의 계시에 따라 대홍수를 견딜 수 있는 배를 만들었던 노아처럼 아빠도 방주를 만들기로 결심했다. 노아의 배와 다른 점이라면 아빠의 방주는 망망대해를 떠도는 대신 땅속에 자리 잡을 것이고 세상 모든 종의 동물 대신 단 두 사람, 아빠와 나만 탑승하게 되리라는 것이었다. 그래서 훗날 아빠와 나는 지하 3미터 아래, 사방 7제곱미터의 은신처를 방공호나 벙커라는 이름 대신 방주라고 부르게 된다.

하지만 그 순간 나는 아무것도 모른 채 담임선생님과 아빠 사이에 서서 훌쩍이기 시작했다. 사흘 동안 생쌀만 씹어 먹은 탓에 홀쭉해진 뺨 위로 땟국물을 흘리고 있는 나를 물끄러미 바라보던 아빠가 내 손을 꼭 잡았다. 콧물을 닦으려고 손을 빼내려 했지만 아빠는 내 손을 꼭 쥔 채 한사코 놓지 않았다. 마치 내가 바람에 날려 세상에서 사라지기라도 할 것처럼.

그 후로 아빠는 매일 밥을 하고 간혹 먹고 잠시 자고 종종 세탁기와 청소기를 돌리며 대부분의 시간은 식탁에 앉아 뭔가 쓰고 그리곤 했다. 물품이 자주 배달됐는데 화장지나 식료품일 때도 있었지만 대개는 책과 알 수 없는 기계들이었다. 고요히 앉아 있는 아빠의 머릿속에서 완벽한 은신처가 차츰차츰 형태를 갖춰 가고 있다는 것을 나는 짐작도 하지 못했다.

아빠의 계획이 실행에 옮겨진 것은 그로부터 일 년 뒤. 고요를 깨는 굉음이 그 시작을 알렸다. 담장을 무너뜨리는 소리에 놀란 동네 사람들은 초인종을 누를 필요도 없이 우리 집 마당으로 거침없이 들어와 구경했다. 이웃 사람들은 포클레인 소리가 그친 틈을 타서 쑤군거렸는데, 그 목소리가 커서 마당 구석에서 흙장난을 하고 있던 내게 똑똑히 들려왔다. 그중 제일 많이 들린 소리는 "마누라 죽고 챙긴 보험금으로 건물을 올리다니, 벼락 맞아 죽을 인간."이라는 말이었다. 담배를 피우고 있던 포클레인 기사도 들었을 것이고, 그 옆에 서 있던 아빠에게도 또렷이 들렸을 것이다.

파헤쳐진 땅이 다시 메워지고 그 위에 잔디를 심은 것은 그로부터 2년이 지난 다음이었다. 예상과 달리 건물이 올라가기는커녕 땅속에 널찍한 지하실을 만들었을 뿐이고, 그 지하실이란 게 잡동사니나 고물로 가득 차 있기 마련인 보통의 지하실과 달리 온갖 자연재해와 폭탄에도 끄떡없는 방공호라는 걸 알게 된 동네 사람들은 아빠에게 돌았다고 손가락질했다.

내 생각에도 그랬다. 그러나 아빠가 미쳤다고 보는 시점은 동네 사람들과 달랐다. 사람들이 미쳤다고 쑤군댈 때부터 아빠는 제정신을 찾았다고 나는 생각한다. 그전에 아빠는 완전히 정신이 나가 있었다. 심지어 아들이 있다는 것마저도 까맣게 잊고 있지 않았던가. 위험으로부터 자식을 보호하는 게 정상적인 부모고, 아빠는 그래서 땅을 팠을 뿐이다.

방주가 완성된 뒤 아빠는 다시 직장을 구해 출근하기 시작했다. 자기만의 완벽한 세상을 땅속에 만든 다음에야 온갖 위험과 두려움이 도사리고 있는 바깥세상으로 나갈 수 있었던 것이다.

물론 내가 처음부터 아빠를 이해했던 것은 아니다. 열 살의 나이에 뭔가 이해했다면 그것은 기껏해야 수학 문제나 게임 레벨을 상승시키는 규칙 정도지, 어른이 이해의 대상이 된다는 건 말도 안 되는 소리다. 하지만 내가 이해할 수 있는 게 하나 있었다. 그것은 슬픔이었다. 아빠와 나는 세상에서 가장 사랑하는 사람을 잃은 동지였다. 그래서 비록 내가 아빠를 전부 이해하지 못했다고 하더라도 아빠의 슬픔만큼은 이해할 수 있었다. 아마 아빠도 나와 같았을 것이기 때문이다. 그래도 방주만큼은 이해할 수 없었다. 신기하긴 했지만 그게 좋다는 의미는 아니었다.

　아빠 덕분에 그때 나는 학교에서 '미친놈' 혹은 '정신병자', 심지어 '변태 새끼'라고 불렸는데, 이 세 가지 단어를 내 앞에서 하루에 쉰네 번쯤 반복하며 틈날 때마다 혀를 날름거리고 가운뎃손가락을 세워 보이던 놈이 있었다. 하루는 참다못한 내가 놈의 코를 물어뜯어 버렸다. 그 일로 아빠는 학교에 불려와 노발대발한 그 애의 부모와 원만한 타협을 권유하는 담임선생님에게 수없이 허리를 굽혀 사과해야 했다. 아비나 자식이나 똑같이 제정신이 아니라고 그 애 부모는 몇 번이나 말했다. 그 증거로 방공호라는 단어가 쉰네 번쯤 들먹거려졌다.

　교실을 나오며 분해서 눈물을 흘리고 있는 내게 아빠는 말했다.

　"다음에는 급소를 노려, 이렇게."

아빠는 돌려차기 시범을 해 보였다. 그 순간 눈물이 쏙 들어 갔다. 어처구니가 없어서 나는 픽 웃어 버렸다. 아빠의 돌려차 기는 형편없었다.

그 뒤로 내게는 '미친개'라는 별명이 하나 더 생겼다. 그리고 매주 정신과에 다니기 시작했다. 담임선생님의 강력한 권유 때문이었다. 실은 담임이 정신과로 보내고 싶은 건 내가 아니라 아빠였던 것 같다. 나는 자식을 때리는 아빠보다는 땅을 파는 아빠가 낫다고 생각했지만 사람들 생각은 다른 듯했다. 내가 안 가면 아빠가 정신병원으로 끌려갈 것 같아서 나는 순순히 상담을 받으러 다녔다. 초등학교를 졸업하면서 정신과 치료는 그만두었고 내 그림 실력이 조금 향상되었다. 상담 선생님이 내게 늘 집이나 나무를 그려 보라고 한 덕분이었다.

상담 선생님 앞에만 앉으면 심장이 두근거렸다. 선생님이 늘 내게 솔직해져야 한다고 말했기 때문이다. 무슨 거짓말을 했는지 기억해 보다 가끔 밤에 양치질을 안 한 것, 학교 앞에서 군것질한 것 등을 머뭇머뭇 고백했지만 상담 선생님을 만족시킨 답은 아니었다. 상담 선생님은 일어난 일을 무조건 피하려고만 하면 그 일은 평생 따라다닌다고, 생각하지 않으려고 할수록 점점 더 그 생각은 강해질 거라고 했다. 극복할 수 없다면 받아들이라고도 했다. 인간이라면 누구나 힘든 일을 겪게 된다고도 말했다. 나는 상담 선생님에게도 열 살 때 돌아가신 어머니가 있는지 궁금했지만 묻지는 않았다.

일 년에 한 번 아빠와 나는 방주로 내려간다. 원칙적으로는 그렇다. 하지만 나는 종종 혼자 방주에 내려가곤 한다. 내게 집과 나무를 그려 보라고 했던 상담 선생님의 조언에 따르기 위해서다. 어쨌든 방주라는 걸 받아들이기로 한 것이다.

내가 방주에 들어가는 것을 아빠는 모르는 척해 주었다. 방주 열쇠가 신발장 위에 방치돼 있는 것이 그 증거였다. 나 역시 아빠가 혼자 방주에 내려가는 것을 모르는 척했다. 아빠와 나는 손발 잘 맞는 2교대 작업조처럼 번갈아 방주를 드나들었다. 나는 아빠가 회사에서 일하고 있는 오후에, 아빠는 내가 잠들었다고 생각하는 늦은 밤에 방주로 내려갔다.

아마도 아빠는 방주 안에서 나와 비슷한 일을 할 것이다. 라디오를 켜서 바깥세상이 무사태평하게 흘러가고 있음을 확인하고 구조와 탈출에 관한 소설을 잠시 뒤적이다 내가 코코아를 타 먹듯이 커피를 한 잔 내려 마시기도 할 것이다. 하지만 제일 많이 하는 것은 식탁 의자에 앉아 엄마 사진을 물끄러미 바라보는 것일 게다. 아마 그럴 것이다.

학교에서 집으로 돌아오는데 누가 나를 따라오는 것 같았다. 미친놈이란 놀림도 한참 뜸해진 터라 이상했다. 내 뒤를 따라오는 애들은 두 부류였다. 남을 놀리는 것이 취미인 놈들이거나 아니면 호기심이 많은 놈들. 사실 두 부류 다 똑같은 놈들이었다. 호기심을 채우는 방법이 놀리고 때리고 협박하느냐, 아니면 부탁하고 회유하고 설득하느냐 하는 것이 다를 뿐이었다.

아이들은 모두 자기 집에는 없고 우리 집에만 있는 것을 보고 싶어 안달했다. 그러나 나는 어느 누구에게도 보여 준 적이 없었다. 제일 친한 친구에게도. 사실을 말하자면 내게는 친구가 없었다. 유독 친근하게 다가오는 이유 역시 호기심 때문이었다는 것을 몇 번 경험한 뒤로 나는 누구와도 친하게 지낼 수 없었다.

내 뒤를 따라오는 놈이 누군지 궁금했지만 뒤돌아볼 필요도 없이 추격자가 내 옆에 따라붙었다.

"야, 너희 집에 방공호가 있다며?"

한 달 전쯤 우리 반에 전학 온 여자애였다. 이름이 외계인가 우주인가 그랬다. 우리 집에 있는 건 방공호가 아닌 방주였지만, 창세기까지 들먹거리기 귀찮아서 그렇다고 고개를 끄덕여 보였다.

"우리 집은 자주 이사를 다녀. 저번 학교는 두 달 다녔고 그전 학교는 한 학기 다니고 이사했어. 이번에도 또 언제 이사할지 몰라. 친구를 사귈 새도 없이 휙, 사라진다고."

웬 뜬금없는 소리인가 싶었지만 나는 아무 반응도 보이지 않았다. 여자애가 내 눈치를 살피는 기색이 느껴졌다. 여자애 키는 내 어깨쯤에 닿았다. 이름이 우주가 맞는 것 같다. 성은 기억나지 않았다.

"그러니까 내 말은, 비밀 얘기 같은 거 나한테 해도 된다고.

어차피 나는 말할 데도 없으니까. 다들 남한테 말 못 할 비밀 한 가지씩은 있잖아? 그런데 참고 참다 못 견디는 때가 있잖아? 그럴 때 나를 대나무, 뭐 그런 걸로 생각하라고. 응?"

나는 여자애의 말이 무슨 뜻인지 알았고 그래서 아무 대꾸도 하지 않았다. 여자애가 답답하다는 듯이 나를 올려다보며 말했다.

"그 안에 수영장도 있다는 게 정말이야?"

나도 모르게 입이 벌어졌다. 아빠가 방주 안에 수영장 만들 생각을 못 하다니. 놀라울 따름이었다. 조만간 방주 안에 동물원에 놀이공원까지 있다는 소문이 퍼질 것 같았다. 걸음을 빨리해 집 앞에 도착해서 슬쩍 둘러보니 여자애는 눈에 띄지 않았다. 담장 너머로 늘어진 넝쿨이 바람에 조용히 흔들렸다. 막 피어난 붉은 꽃 한 송이를 문득 발견했다.

그 뒤로 여자애가 내 뒤를 따라온 적은 없었다. 방주에 대해서도 한 마디 없었다. 딱히 보고 싶은 건 아니었던 모양이다. 아니면 포기가 빠르거나.

여자애는 창가 맨 뒷자리였다. 짝이 농구부원이라 오후 수업 시간에는 늘 혼자 앉아 있었다. 이름은 외계도 우주도 아닌, 세계. 성은 온. 쉬는 시간에 항상 제자리에 앉아 있고, 급식 시간에 옆에 앉는 아이는 매일 바뀌었다. 여자애는 재빨리 밥을 먹고 곧장 도서관으로 갔다. 내가 알기로 점심시간에 도서관에 가는 건 도서부원뿐이었다. 수업 시간에는 고개를 숙이고 머리카락을 어깨 앞으로 늘어뜨리고 있어 내 자리에서는 얼굴이 잘 보이지 않았다. 내 뒤를 따라오며 대나무니 뭐니 하며 방주를 보여 달라던 당당한 기세와는 영 딴판이었다. 그러든 말든 나는 별 신경 쓰지 않았다. 조금 위험하다고, 잠시 생각하긴 했다.

나는 아빠와 내가 따돌림당하는 이유를 알고 있었다. 물론 집 안에 방주나 만들어 놓고 있는 미친놈이라는 빼도 박도 못할 확실한 이유가 있었지만 그게 다는 아니었다. 도대체 뭐 하는 거냐고 날마다 와서 묻던 동네 사람들에게 아빠가 조용한 방 하나를 만들고 있다고 대답하고 방주 안에 있는 엄마 사진을 슬쩍 보여 주는 것만으로 아빠는 조롱 대신 동정심을 살 수 있었을 거다. 내가 만약 반 아이 서너 명을 방주로 데려가 아이스크림과 치즈 케이크를 대접하고 공기 청정기나 온도 조절기의 스위치를 눌러 보게 했다면 나는 우리 반의 영웅이 됐을지도 모른다.

하지만 아빠와 나는 아무것도 하지 않았다. 단지 방주를 가지고 있을 뿐이었다. 그 때문에 사람들의 마음은 불편하고 불쾌해졌던 것이다.

여자애를 대하는 반 아이들의 태도에서 비슷한 것이 느껴졌다. 여자애는 전학 온 지 얼마 되지 않아서인지, 아니면 자기 말대로 언제 또 전학 가게 될지 몰라서인지 친하게 지내는 애가 하나도 없었다. 친해지려고 하는 최소한의 노력은커녕 그럴 뜻이 전혀 없다는 것이 명확히 느껴졌다. 전학생에게 보였던 호의 또는 호기심을 거부당한 반 아이들이 호의와 호기심을 적의와 적개심으로 바꾸는 데는 그리 오랜 시간이 걸리지 않았다. 숙제나 준비물 때문에 선생님들에게 지적당하는 일이 잦고 며칠 동안 교복 대신 체육복을 입고 등교하고 어떤 날은 가방도 없이 집으로 돌아가는 여자애를 보며 나는 무슨 일이 일어나고 있는지 짐작했다. 불과 얼마 전까지 내가 당하던 일들이었다.

내가 여자애에게 엉뚱한 말을 한 건 그래서였는지도 모른다.

"뭐라고?"

여자애는 대답 대신 되물으며 내 눈을 똑바로 쳐다봤다. 여자애의 젖은 머리카락을 보며 나는 여자애가 세면대에 처박힌 것은 아니라고 생각했다. 세면대에 처박혔다고 치마까지 흠뻑 젖지는 않는다. 아마 변기 위에 앉아 있을 때 누가 밖에서 물을 부었을 것이다. 물세례를 받고 여자애가 비명을 질렀을까 안 질렀을까 궁금했다. 어차피 마찬가지였을 것이다. 비명을 지르면 재미있어서 물을 더 부었을 것이고, 비명을 안 지르면 비명을 지를 때까지 물을 퍼부어 댔을 것이다. 여자애의 치마는 다리에 착 달라붙어 있었다.

"방공호에 가 보겠냐고 물었어."

여자애는 대답 없이 또 나를 한참 바라보기만 했다. 새끼 고양이 눈처럼 연한 갈색 눈동자가 햇빛에 비쳐 유리구슬처럼 보였다.

"안 가."

"응?"

"안 간다고."

조금도 망설임이 없고, 목소리며 표정이 몹시 단호했다. 나는 당황했다. 내가 어떤 대답을 원했는지 모르지만 아무튼 예상치 못한 답이었다.

"그, 그래. 바쁘면 다른 날도 괜찮고. 시간 날 때 얘기해."

"나는 나를 미워하거나 싫어하는 친구 집에는 놀러 가지만 동정하는 친구 집에는 안 가. 동정하면 그건 친구도 뭣도 아니야."

나도 모르게 입이 벌어졌다.

"야, 너랑 나랑은 어차피 친구도 아니잖아."

"내 말이. 대나무로 생각해 달랬지, 누가 동정해 달래?"

여자애는 재빠른 걸음으로 내 곁을 떠났다.

나는 그날 오후 다른 날보다 좀 더 오랫동안 방주에 있다가 땅 위로 올라왔다. 책을 몇 장 넘기기도 했지만 머릿속에 하나도 들어오지 않았다. 책을 다시 꽂아 놓다가 보니 표지에 『콘택트』라고 쓰여 있었다. 온세계와의 대화는 그게 전부였고, 그 뒤로도 여전히 수업 시간에 불려 나가 벌을 서거나 복도에서 넘어지거나 계단에서 구르고 체육 시간에 반 아이들 모두 족구를 하는 동안 교복을 입고 혼자 운동장을 도는 온세계를 나는 멀찍이서 바라볼 뿐이었다.

온몸이 흔들렸다. 눈을 떴다. 어둠 속이었다.

"일어나라."

다급한 목소리였다. 아빠였다. 아빠가 거칠게 내 어깨를 흔들었다. 정신이 확 들었다. 무슨 일인지 깨달았다. 나는 부리나케 일어나 정신없이 달려 집을 빠져나왔다. 방주에 들어선 순간 자동 센서가 불을 밝히고 아빠는 거친 숨을 몰아쉬며 내게 괜찮냐고 물었다. 헝클어진 머리카락 아래로 창백한 아빠의 얼굴을 바라보며 나는 고개를 끄덕이고 말했다.

"이제 손은 좀 놔, 아빠."

아빠는 노트북을 켜고 나는 휴대폰으로 뉴스를 검색하기 시작했다. 아직 아무것도 올라오지 않았다. 아마 찾을 수 없을 것이다. 아빠가 찾고자 하는 기사를 발견하는 건 아주 드물었다.

나는 이층 침대 위 칸으로 올라가 누웠다. 아빠는 노트북을 식탁 위로 옮겨 놓고 앉았다. 딸깍딸깍, 마우스 버튼 누르는 소리만 이어졌다. 나는 알람이 맞춰져 있는 걸 확인하고 휴대폰을 충전기에 꽂았다.

일 년에 서너 차례는 있는 일이었다. 한밤중에 일어나 마당을 가로질러 방주를 향해 돌진하는 것. 채 1분도 걸리지 않는다. 이를테면 이건 아빠와 나만의 비상 훈련인 셈이었다. 나는 훈련이라고 생각하지만 아빠는 실제 위기 상황이라고 생각하는 것, 그 점만이 달랐다. 아무 일도 없다. 아침이면 일어나 변함없이 나는 학교에 가고 아빠는 출근할 것이다.

그러나 다음 날 아침은 평소와 달랐다.

"진도 3.4였어."

내가 알람 소리에 눈을 뜨자 기다렸다는 듯 아빠가 말했다. 아빠 눈이 충혈되어 있었다.

나는 휴대폰으로 뉴스를 검색했다. 아빠 말대로였다. 새벽 두 시쯤, 진도 3.4의 지진이 발생했다. 창문이 떨리고 탁자 위의 물건이 굴러떨어질 수도 있는 정도의 지진이다. 쿠웅 하는 진동을 느끼고 잠에서 깨어난 사람들이 몇몇 있었지만 지진 피해는 없었다고 뉴스는 간략하게 소식을 전하고 있었다. 지진을 감지하지 못한 사람이 더 많았다는 얘기다. 더 이상의 여진도 없었다.

"아빠, 뭐 해?"

나는 침대 밖으로 고개를 내밀고 물었다.

"아침 준비한다."

아빠가 말하자마자 기다렸다는 듯이 토스터에서 식빵이 튀어나왔다.

"출근 안 해요?"

"좋은 소식이 있다. 오늘 우리 둘 다 하루 쉬는 거다."

"아무 피해 없고 여진도 없대요."

"아직 아무 일 없을 뿐이지. 코코아 마실래?"

아빠는 내 휴대폰을 빌려 직장과 우리 담임에게 전화를 했다. 집에 일이 좀 있습니다, 더듬거리며 어색하게 말하는 아빠 목소리를 들으며 나는 빵에 잼을 발랐다.

오전에 아빠는 줄곧 뉴스 검색만 했다. 나는 휴대폰으로 게임을 좀 하다 잠시 졸았다. 점심에는 피자를 데워 먹었고, 아빠는 뉴스를 검색하고 나는 또 게임을 하다 낮잠을 잤다. 저녁에는 고기와 소시지를 굽고 후식으로 치즈 케이크와 아이스크림까지 챙겨 먹었다. 설거지를 끝낸 다음 아빠가 카드 게임을 가르쳐 줬다.

"꼭 캠핑 온 것 같지 않냐?"

아빠 목소리가 묘하게 들떠 있었다. 하지만 나는 캠핑을 가 본 적이 없다. 아주 어릴 때 혹시 갔을지 모르지만 기억나지 않았고, 학교 캠핑 참가 동의서에 아빠는 늘 엑스 자만 표시했다.

나는 잠자코 아빠가 가르쳐 준 대로 카드 그림만 맞췄다. 소화가 안 돼서 속이 거북하고 카드 게임 규칙은 어려웠다. 아빠는 다섯 판 내리 이기더니 다른 게임을 가르쳐 주겠다고 했다. 내가 됐다고 했더니 아빠는 큰 소리로 웃었다. 재미있어 죽겠다는 듯한 표정이었지만 나는 눈치챘다. 그건 불안한 마음을 감추기 위한 과장된 웃음일 뿐이었다. 아빠는 거짓말에 서툴렀다.

그다음 날도 나는 알람 소리에 일어났고 아빠는 묵묵히 빵을 구웠다. 아빠가 뉴스를 검색하는 동안 나는 팔굽혀펴기를 하고 제자리 뜀뛰기를 한참 한 뒤 개수대를 닦고 화장실 청소를 했다. 통조림을 1밀리미터도 흐트러짐 없이 정렬하고 나자 더 이상 할 일도 없었다.

아빠는 탁자에 멍하니 앉아 이따금 마우스를 딸각거릴 뿐이었다. 점심때 내가 냉동식품을 몇 가지 데웠지만 아빠는 거의 손대지 않았다. 즐거운 척하는 연기는 이제 끝이었다. 얼굴은 퀭하고 눈은 충혈되어 이틀 만에 노인이 된 것 같았다. 아빠는 입도 열지 않았다. 나는 수시로 공기 청정기와 습도 조절기를 살펴봤다. 공기 오염도 수치와 습도 상태는 정상이었다. 그런데도 가슴이 답답하고 숨이 막혔다. 뉴스를 검색해 보자 정치인들은 싸우고 물가는 오르고 아이를 학대한 부모가 체포됐다는, 여느 날과 별다르지 않은 소식뿐이었다. 지진에 관한 뉴스는 전혀 없었다.

침대에 누웠지만 낮잠을 잔 탓인지 잠은 전혀 오지 않았다. 그러다 깜짝 놀랐다. 내일은 학교에 갈 수 있을까, 하고 내가 생각하고 있었던 거다. 학교에 가고 싶은 건 아니었다. 하지만 그렇다고 방주에 계속 갇혀 있고 싶지도 않았다. 또다시 놀랐다. 갇혀 있다고? 그럴 리 없다. 이건 세상의 모든 위험으로부터 보호해 줄 완벽한 은신처인 방주다. 감옥이라니. 말도 안 된다. 그런데 이상했다. 이상하게도 그 순간 바깥세상 누군가의 목소리가 듣고 싶었다. 전화를 해서 누구와라도 이야기를 나누고 싶었다. 하지만 내게는 그 누구도 없었다.

설핏 잠이 들었다 깨어났다. 조명이 희미하게 낮춰져 있어 방주 안은 어둑했다.

"잠들었니?"

작은 소리가 들려왔다. 묻는다기보다는 확인하는 듯한 목소리였다. 나는 잠든 척 아무 대답도 하지 않았다. 침대 아래 칸에서 뒤척이는 소리가 들려왔다. 아빠는 사흘 동안 밤새 잠들지 못했다. 잠시 뒤 하, 하는 깊은 한숨 소리가 났다.

"나는…… 더 견딜 수가 없구나. 너무 힘들다."

어둠 속으로 고독하고 슬픈 한숨 소리가 퍼져 나갔다.

"네 엄마가 너무 보고 싶다."

흐느끼는 소리가 작게 이어졌다. 나는 입술을 꼭 깨문 채 속으로 대답했다.

저두요, 아빠.

다음 날 아침 아빠와 나는 방주에서 나왔다. 아빠는 출근을 하고 나는 학교에 갔다. 이틀을 결석했지만 이유를 묻는 사람은 아무도 없었다.

학교 앞 횡단보도에 서 있는데 누가 내 옆에 바짝 다가섰다. 고개를 돌려 보니 온세계였다. 용무라도 있나 하고 바라봤지만 온세계는 말없이 길 건너만 노려보고 있었다. 나도 고개를 길 건너로 돌려 신호등 불이 바뀌기를 기다렸다. 초록 불이 켜졌다. 잠시 뒤에 빨간 불이 켜지고 정지했던 차들이 달리기 시작했다. 나는 제자리에 서 있었고 온세계 역시 내 옆에 그대로였다.

고개를 돌리자 기다렸다는 듯이 온세계가 물었다.

"왜 결석했니?"

상당히 불만스러운 얼굴이었다.

"무슨 상관이야."

"아팠니?"

나는 고개만 살짝 저어 보였다.

"너, 과학 모둠 과제 나랑 같은 조야."

"뭐?"

"너 결석했을 때 정했어."

"아."

"다음 주에 발표야."

"뭐에 관해?"

"정해야 해."

"……."

"다른 조는 세 명씩이야. 그리고 우린 시간이 별로 없어."

조가 어떻게 짜였는지 짐작이 갔다. 아무에게도 선택받지 못한 두 사람이 자연스럽게 한 조가 된 거다.

"뭐 발표하고 싶은데?"

"몰라. 과학이 뻔한 건 지겹대. 남들 발표 안 하는 주제를 잡으면 가산점 준댔어."

"흠……."

남들 안 하는 독특한 주제. 나는 고개를 숙이고 발끝으로 땅을 톡톡 차며 생각했다. 온세계의 무릎이 눈에 들어왔다. 반창고가 여러 개 더덕더덕 붙어 있었다. 그날 온세계는 체육 시간에 자신을 향해 힘차게 날아오는 공을 피해 달아나다 개구리처럼 엎어졌는데, 아파서인지 부끄러워서인지 한참 동안 일어나지 못하다가 비키라는 아이들의 성화에 절뚝거리며 피구장을 빠져나갔다. 나는 같은 편 아이가 일부러 온세계를 몸으로 힘껏 밀치는 모습을 봤다. 아마 반 아이들 모두가 봤을 것이다.

"뻔하지 않은 주제라면…… 하나 있긴 한데."

"뭔데?"

"방공호."

온세계가 나를 물끄러미 올려다봤다.

"어때?"

잠시 뒤 온세계가 고개를 끄덕이고 말했다.

"나쁘지 않을 것 같아."

잔디에 가려 있는 뚜껑을 열고 사다리를 타고 방주 안으로 들어갔다. 자동 센서가 즉시 불을 밝혔고, 그러자 방주 안이 훤히 드러났다. 미처 치우지 못한 양말이며 속옷 따위가 널려 있는 내 방을 보여 주는 것처럼 어쩐지 부끄럽고 어색했다.

공기 청정기와 온도 조절기, 습도 조절기의 버튼을 누르며 작동 원리를 설명하자 온세계는 진지한 얼굴로 고개를 끄덕이며 노트에 받아 적었다. 내 목소리가 높아지고 떨리는 게 느껴졌다. 몇 년 동안 수없이 상상해 왔지만 단 한 번도 한 적 없는 일을 내가 하고 있었기 때문이다. 세 개나 되는 대형 냉동고 문을 하나하나 열어 보이고 나자 온세계는 비로소 입을 열었다.

"수영장은 없네."

"아아. 그게…… 까다로워. 절차나 허가 같은 거 말이야."

온세계가 피식 웃었다. 고개를 숙여 노트북 전원을 켜며 나도 살짝 웃었다.

"사진 자료 같은 게 있으면 더 좋겠지? 근사한 방공호 사진을 원한다면 인터넷에서 좀 찾을 수 있어. 아, 여기, 러시아에는 방공호 안에 골프장까지 만든 사람이 있어. 검소한 방공호도 괜찮다면 여기를 찍어도 좋고."

"이 책 다 읽은 거야?"

고개를 들자 온세계는 선반 앞에 서 있었다.

"장식용이야."

"라디오도 있네."

"그건 아빠 장식품."

"넌 엄마 안 닮았구나."

액자를 향해 수그린 온세계의 등을 물끄러미 바라보았다. 뒤늦은 후회가 몰려왔다. 역시 데려오는 게 아니었다. 소중한 것이 훼손된 느낌이었다. 어쩌자고 데려온 걸까. 이유라면 착각 때문이다. 호기심을 외로움이라고 내가 착각했기 때문이었다. 이제 호기심도 채웠고 발표할 거리도 충분할 테니 이만 돌아가라고 해도 괜찮을 것이다.

"예쁘시다, 진짜."

온세계가 고개를 돌려 말했다. 나는 묵묵히 일어나 냉동고

문을 열었다. 그만한 미적 감각이라면 치즈 케이크와 아이스크림 정도는 대접받을 만했다.

"우리는 여길 방주라고 불러. 아, 아빠와 나 말이야."

"방주? 아아, 영화로 봤어. 노아던가? 혼자 살겠다고 배 만든 아저씨지? 영화는 영 재미없더라. 보다 말았어."

온세계가 입가의 아이스크림을 혀로 핥으며 말했다. 이상한 일이었다. 다른 사람이 방주에 앉아 있다는 것만으로 방주 안이 완전히 달라 보였다. 눈에 익은 곳이 갑자기 낯설게 보였다. 침 삼키는 소리마저 어색하게 느껴졌다. 무슨 이야기를 나눌지, 뭘 해야 할지 알 수 없었다. 상담 선생님 외에 누군가와 둘이 마주 앉아 이야기를 나누는 건 처음이었다. 나는 잠자코 접시 위에 녹은 아이스크림만 휘저었다.

"이런 거 만들려면 얼마나 드나?"

"꽤 들지. 정신 나간 아빠도 한 명쯤은 있어야 하고."

"그래도 너희 아빠 도망은 안 갔잖아. 우리 아빠 빚만 남기고 내빼 버렸는데. 우리 엄마는 세상에서 제일 무서운 게 빚이래."

나와 온세계 사이에 빚이라는 공통점을 막 발견했다. 방주를 짓느라 보험금뿐만 아니라 아빠가 20여 년 동안 다닌 회사의 퇴직금을 다 털어 넣고도 모자라 집을 담보로 은행에 빚도 꽤 지고 있다는 걸 나는 얼마 전에야 알았다. 굳이 남에게 말해 줄 이야기는 아니었다.

"저거랑 가운데 두 권 나도 있어."

온세계가 선반을 가리키며 말했다. 온세계가 늘 도서관에서 살다시피 하는 게 떠올랐다. 달아날 구석을 찾아 숨어 있는 건 줄 알았는데 정말로 책을 좋아하는 모양이었다.

"다 훔친 거야."

"훔쳤다고? 책을?"

"어, 학교 도서관 책이야. 반납할 틈도 없이 갑자기 전학을 해 버리니까. 돌려주러 갈 수도 없고 말이야. 도서관에서 책을 빌려 나올 때마다 생각해. 이 책은 반납할 수 있을까 하고."

"늘 그렇게 갑자기 이사를 하는 거야?"

"어, 그런 편이야. 넌 전학한 적 없어?"

"어, 어……. 그리고 앞으로도 전학할 일은 없을 거야. 방주까지 옮겨 주겠다는 이사 업체가 나서기 전에는."

"참 이상하다."

"뭐가?"

"넌 금방 떠날 것 같은 느낌인데."

"그건…… 어떤 느낌이야?"

"응?"

"어디론가 떠난다는 건 어떤 느낌이야?"

세계는 내 눈을 한동안 빤히 바라보다 말했다.

"두려워."

나는 잠시 세계와 마주 보았다.

그 순간 털어놓고 싶은 충동이 일었다. 매일 밤 나를 두렵게 하는 것은 천재지변과 전쟁과 핵폭발, 외계인의 침공이 아니라 깊은 한숨 소리와 소리 죽인 슬픔이라는 것을. 사랑하는 사람을 잃은 것만큼이나 견디기 힘든 것은 사랑하는 사람이 조금씩 무너져 가는 것을 지켜보는 일이라고 말하고 싶었다.

하지만 가장 두려운 것은 내가 이 모든 것을 털어놓게 되는 것이었다. 굳건한 방주처럼 내 안에 견고하게 숨겨 둔 두려움과 슬픔, 그것이 허물어진 다음을 나는 상상할 수 없었다. 나는 늘 그래 왔듯이 입술만 꼭 깨물었다.

순간 어찌 된 일인지 눈앞이 부옇게 흐려졌다. 비상사태였다. 공기 청정기나 습도 조절기에 이상이 생긴 모양이라고 생각한 순간 후드득 떨어져 내렸다. 이내 뜨거운 물줄기가 뺨 위로 걷잡을 수 없이 흘러내렸다. 누르고 또 누르고 있던 것이 어찌해 볼 새도 없이 터져 버렸다. 막을 수 없었다. 나는 황급히 고개를 숙였다. 손으로 입을 꾹 막고 끅끅거리는 소리를 멈추기 위해 안간힘을 쓸 뿐이었다.

그때 흐흑, 하고 흐느끼는 소리가 비어져 나왔다. 내가 아니었다. 세계가 울음을 터뜨린 것이다. 얼굴이 눈물로 범벅이 된 채, 세계의 어깨가 오르락내리락하다 온몸이 다 흔들렸다. 자기 모습이 어떻게 보일지는 조금도 생각하지 않고, 누구 앞에서 울고 있는지도 전혀 상관하지 않고, 전력을 다해 울고 있었다. 엄마를 잃은 어린아이처럼, 세상에 혼자 남겨진 아이처럼, 두렵고 서럽게 울고 또 울었다.

그 모습을 보며 왜 우는지 생각할 겨를도 없이 나도 무너져 버렸다. 눈물 콧물을 흘려 가며 조금도 참지 않고 실컷 울었다. 더는 울 수 없을 때까지 나는 울고 또 울었다.

얼마나 시간이 지났을까. 더는 나올 눈물도 없었다. 기진해서 손가락 하나 움직일 힘조차 없었다. 세계 역시 울음은 그쳤지만 아직 어깨를 미세하게 떨고 있었다. 눈가는 부어오르고 코끝이 빨갰다. 티슈를 가져다 세계 앞에 놓아 주었다. 세계는 몇 번 코를 푼 뒤 힘없이 팔을 축 늘어뜨렸다. 나도 의자에 등을 기대고 앉았다. 세계와 나는 멍하니 서로 한참을 마주 보았다. 왜 울었느냐고, 뭐가 그렇게 슬펐냐고 묻는 대신 잠자코 서로 바라보기만 했다. 묻고 대답하지 않더라도 울음을 터뜨린 순간, 우리는 아마 알고 있었을 것이다.

"배고프다."

세계가 중얼거렸다.

"어, 나도 엄청."

"머리가 띵해."

"나가자."

"응?"

"맛있는 거 먹으러 가자. 뜨겁고 든든하고 맛있는 거."

"좋아."

방주 뚜껑을 밀어 올리자 갑자기 눈앞이 아득해졌다. 눈이 빛에 익기를 나는 잠시 기다렸다. 사방은 고요하고 신선한 바람이 가만히 불어왔다. 감은 눈꺼풀에 빛이 어른거렸다. 눈을 뜨자 둥그런 하늘이 보였다. 이루 말할 수 없이 깨끗하고 파란 하늘이었다.

나는 땅 위로 올라간 다음 사다리를 오르고 있는 세계에게 손을 내밀었다. 작고 가냘픈 손이 나를 향해 망설임 없이 뻗어 왔다. 그 손을, 나는 꼭 잡았다.

"뭐 먹을까?"

"뭐 좋아해?"

세계와 나는 마주 보며 웃었다. 아마 하나하나 우리는 알게 될 것이다.

눈부신 빛 속을 두 손을 꼭 잡은 채로, 우리는 나란히 걸어 나 갔다.

잘 자요, 너구리

이 아이는 모를 것이다.

스트레칭을 끝낸 뒤 여자애 방의 불이 꺼지고 나면

내가 작은 목소리로 인사를 건네는 것을.

나는 매일 말한다.

잘 자 _____ .

그러면 내 안으로 부드러운 바람이 불어 드는 것 같았다.

그대로네, 라고 승태는 말했다.

너른 카페 안을 두리번거리다 나와 눈이 세 번째 마주친 뒤에야 아, 인지 어, 인지 모를 입 모양을 해 보인 승태가 내 앞자리에 앉아 그렇게 말하고 멋쩍게 웃었다. 나는 승태가 카페 문을 열고 들어온 순간 바로 알아보았다. '명태, 동태, 변태', 변승태. 내 제일 친한 친구. 아니, 제일 친했던 친구, 승태.

"축하는 무슨. 우리 아빠가 나보고 돈 먹는 하마래. 1학년 마치고 군대 갔다가 어학연수 하고 복학해서 이제 3학년이야. 남들 하는 대로 스펙 쌓고 학점 관리하고 인턴 실습 나가느라 정신없이 살다 보니 넬모레가 졸업이다, 아놔. 다닐 만하냐고? 어, 그거 굉장히 참신한 질문이다. 대학이 다닐 만한 곳인지 한번도 생각해 본 적이 없네. 그런 참신한 질문을 한 넌 역시 지니

어스, 내 친구."

승태는 내 앞에 앉은 이후로 비로소 활짝 웃었다. 그러자 가까스로 승태다워 보였다. 역시 내 친구, 변승태.

"대학이 어떤 곳인가. 음……, 적어도 한 가지는 확실해. 대학은 사람을 뭔가 다소곳하게 만든다고 할까? 대학만 가면 두고봐라, 우리 그랬잖아. 대학이 증오의 대상이었지만 탈출구이기도 했잖아? 그래, 미워하면서도 동경하는 애증의 대상이 바로대학이었지. 그런데 막상 대학에 오니까 그다음은 없구나, 그런 마음이 들더라고. 고양이한테 쫓긴 쥐가 막다른 골목에 몰리면 어쩔 것 같냐? 고양이를 무는 일은 없어. 그냥 다소곳해져. 더 이상은 없다는 걸 쥐 대가리로도 아니까. 내 말 알겠냐, 친구?"

무슨 소리인지 잘 몰랐지만 일단 고개를 끄덕였다. 말 많은건 여전했다, 변승태.

"넌 이왕 이렇게 됐으니까 대학 가지 마라. 학점이나 스펙의노예로 살지 말고 네 맘대로 살아. 한번 노예의 길로 들어서면죽을 때까지 못 벗어난다고. 알겠지, 친구?"

나는 또 고개를 끄덕여 보였다. 이번에는 미소도 조금 지어보였다.

"암튼 진짜 반갑다. 근데 나 조별 과제 모임 있어서……."

승태가 휴대폰을 들여다보며 말했다. 내 앞에 앉은 뒤로 3초에 한 번쯤은 휴대폰을 들여다본 것 같다. 나는 어서 가 보라고 했다.

"미안하다, 친구. 다음에 만나면 한잔하자."

승태가 남은 음료수를 빨대로 한 번에 쭉 들이켜고는 말했다.

"어어, 술은 아직 안 되나, 친구?"

"아니야, 안 될 것도 없지. 그런데, 승태야……."

"어?"

"너 나한테 십만 원 줄 거 있는 거 알지?"

승태가 이게 뭔 소리냐는 표정을 지었다.

"해리포터랑 헤르미온느랑 결혼 안 했더라. 너 결혼하는 데 십만 원 걸었잖아. 난 안 한다에 걸었고."

승태가 피식 웃었다.

"아유, 뭘 그런 걸 다 기억하고 그러세요. 역시 넌 지니어스, 내 친구. 내가 말이야, 모카칩 초코스무디를 원샷해서, 아우, 머리가 띵해서 나는 이만……."

"승태야, 십만 원."

"야, 그건 작가가 미친 거지. 응? 론이랑 결혼이라니 그게 말이니 막걸리니? 무효야, 무효. 새꺄, 그냥 내 배를 째세요."

배를 잡고 킥킥대다 마주 보고 낄낄거렸다. 나란히 앉았다면 서로 등짝을 두들기며 웃었을지도 모른다. 마치 예전처럼.

"해리포터가 어른이 됐더라, 승태야."

"새꺄, 그럼 마법 학교를 몇 년씩이나 다니냐? 때 되면 졸업해야지."

나는 웃으며 승태에게 고개를 끄덕여 보였다. 때가 되면, 그렇다. 때가 되면 그렇게 자연스럽게 되는 일들이 있다.

레파로는 깨진 것이나 망가진 것을 복구하는 마법, 아씨오는 물건을 소환하는 마법. 시간을 거꾸로 돌리는 시계는 있었지만 마법은 없었던 것 같다. 아, 그건 슈퍼맨의 능력이던가. 승태와 내가 마지막으로 같이 본 영화는 스타워즈 에피소드 3편 〈시스의 복수〉, 승태와 내가 노래방에서 부르던 18번은 버즈의 〈겁쟁이〉, 승태는 모토로라 스타텍 폴더폰을 영롱한 형광 개구리 같은 최신 모델로 바꾸고 싶어 했고, 나는 스타텍이라도 있었으면 하고 부러워한 그해 여름 교통사고로 의식을 잃었다. 2년 동안 기다리던 해리포터 시리즈 6권 『해리 포터와 혼혈 왕자』가 나오기 약 석 달 전 일이었다. 그리고 기적적으로 나는 의식을 회복했다. 깨어나 보니 스물다섯 살이 되어 있었다. 십 년 동안 긴 잠을, 나는 잔 것이다.

"친구, 혹시 나한테 궁금한 거 있는데 꾹꾹 참고 있는 게 없지 않지 않지 않나?"

카페 문 앞에서 헤어지기 전 승태가 물었다. 승태가 모를 리 없다. 분명 짐작하고 있었을 것이다. 내가 궁금해하는 것. 망설이고 망설인 끝에 물을 수밖에 없으리라는 질문.

"소윤이는…… 잘 지내?"

"어, 잘 지내. 아주 잘 지내니까 SNS 같은 거 뒤질 생각 하지 마."

"에스엔…… 그게 뭐야?"

승태가 한숨을 내쉬더니 대답했다.

"싸이나 블로그 같은 거 있어."

"아아."

"소윤이, 그때 엄청 울었다. 이제 그만 울 때도 됐잖아. 안 그
래?"

"응, 그렇지."

"소윤이는 잘 지내니까 이제 너만 잘 살면 돼. 난, 뭐 알아서
잘 살 거고. 알았냐, 친구?"

"으응."

그럼 됐다. 잘 지내면 됐다고 생각하자고, 나는 마음먹었다.

어떤 것은 명확하게 기억났고 어떤 것은 서서히 떠올랐다.
썰물 뒤 갯벌에 드러나는 조개껍데기와 부목 같은 바다의 잔해
처럼, 어느 것이나 내 기억은 십 년 전에 머물러 있었다. 버려야
할 기억들이 많았다. 비워진 기억의 자리에는 새로 습득한 것
들을 채워 넣어야 했다.

세상은 많이 바뀌어 있었다. 작은 휴대폰 하나로 무엇이든
검색하고 손바닥보다 작은 화면으로 티브이와 영화와 책을 보
고 영화표부터 비행기표까지 예매하고 심지어 물건을 사고 받
는 데 하루도 안 걸렸다. 그것은 스마트하다기보다는 마법 같
은 일이었다. 십 년이면 세상이 바뀌고 소년이 어른이 되기에

충분한 시간이었다.

우선 나는 중졸 검정고시를 준비하고 합격하면 고졸 검정고시를 보기로 했다. 그다음은…… 잘 모르겠다. 승태는 학점이나 스펙의 노예로 살지 말라고 했지만 그러지 않고 무엇이 되어야 할지, 혹은 무엇을 해야 할지 나는 알 수 없었다. 우선, 이라고 한 것부터 우선.

십 년의 세월을 따라잡는 건 불가능했다. 나는 십 년의 시간을 건너뛰었기 때문이다. 마치 타임머신을 탄 기분이다. 그러나 결코 되돌아갈 수 없다는 것이 내가 탄 타임머신의 특징이었다. 내 인생에서 십 년은 그저 깨끗이 사라졌을 뿐이다. 그런 생각을 어두운 창밖을 바라보며 하다가 답답해지면 밖으로 나가곤 했다.

내가 잠들어 있는 동안 부모님은 전에 살던 동네에서 멀찍이 이사를 했다. 전보다 작은 평수의 낡은 아파트. 아마도 내가 십 년 동안 병실에서 보낸 시간에 대한 값을 치른 결과일 것이다. 이사한 집 근처에는 작은 하천이 흐르고 하천을 따라 산책로가 나 있었다. 달리면 10분, 걸어서 30분 정도면 한강에 닿았다. 검푸른 물 건너 저 멀리 보이는 빌딩들은 늦은 밤에도 불이 꺼지지 않았다. 십 년 동안 단 하루도 꺼진 날이 없었을까. 부모님은 내가 다시 일어나리라 생각했을까, 십 년 동안.

강을 가로지르는 다리 위를 쌩쌩 달리는 자동차들을 올려다보며 이 밤에 저 차들은 어디로 가고 있을까 궁금해하기도 했지만, 제일 많이 하는 것은 생각이 없어질 때까지 뛰고 숨이 차면 걷는 일이었다. 소란이 적어지는 새벽 한두 시쯤이 내가 제일 좋아하는 시간이었다. 걱정할 부모님은 깊이 잠들어 있고 산책로를 지나는 사람과 자전거도 드문 시간에 나는 혼자서 걷고 달렸다.

한 시간쯤 몸을 움직이면 기분 좋을 정도로 피곤해졌다. 그러고 나면 집으로 돌아와 조용히 샤워를 하고 아침이 될 때까지 공부를 하다 침대에 누웠다. 그 편이 집중하기 좋았기 때문이다. 밤낮이 바뀌면 건강에 좋지 않다고 부모님은 걱정했지만 은근히 좋아하는 기색이었다. 시키지 않았는데도 내가 밤새워 공부하는 건 처음이었기 때문이다. 낮에도 서너 시간 잠깐 눈을 붙일 뿐이었다. 그 정도 수면 시간이면 적당했다. 별로 졸린 줄도, 피곤한 줄도 몰랐다. 십 년을 잤으면, 잠은 잘 만큼 잤다.

중졸 검정고시는 일 년에 두 번, 4월과 8월에 있었다. 석 달이 채 남지 않은 8월 시험은 무리겠지, 하지만 경험하는 셈 치고 한번 응시해 볼까 하는 생각을 하며 달리고 있는데, 뒤에서 무슨 소리가 났다. 잠깐 멈췄다가 다시 뛰려 할 때였다.

"저기요, 저기요!"

뒤돌아보니 저만치 누가 소리치며 뛰어오고 있었다. 주위를 둘러보았지만 아무도 없었다. 아무래도 나를 부르는 모양이었다. 뜀박질 소리가 점점 가까워지더니 내 앞에서 멈췄다. 처음 보는 얼굴이었다. 나와 비슷한 또래의 여자애였다. 아니, 나보다 열 살쯤 어린 여자애였다.

"저, 저기, 하, 한참…… 불렀는데……."

여자애는 허리를 접고 두 손을 허벅지 위에 올린 채 가쁜 숨을 몰아쉬었다. 큼직한 티셔츠 아래로 입은 반바지가 너무 짧아 아무것도 안 입은 것처럼 보였다. 그런 생각 할 때가 아니었다.

"저, 저요?"

"네, 네, 마, 맞아요, 아저씨."

"어, 어디가 아저씨……."

나는 모자를 벗고 머리카락을 쓸어 넘겼다. 집에서 입던 무릎 나온 추리닝 바지가 신경 쓰였지만 다행히 여자애는 내 얼굴만 올려다보고 있었다. 달도 밝은 밤이니 자신의 착각을 눈치채는 건 시간문제.

"못 봤어요, 아저씨?"

여자애는 눈이 나쁜 모양이었다. 나는 다시 모자를 눌러쓰고 여자애가 달려온 쪽을 봤다. 수상한 사람이라도 따라온 건가. 하지만 아무것도 보이지 않았다.

"뭐 말이에요?"

"너구리."

"너구리?"

"네, 너구리."

"오동통한?"

"아니, 아니, 농담이 아니라. 진짜 너구리. 눈가가 어두침침하고 꼬리가 북실북실해서 이렇게 우뚝 서 있는……."

여자애는 다급하게 설명하다가 온몸으로 너구리 한 마리를 표현해 냈다. 뒷다리로 서서 간식 달라고 보채는 강아지처럼 보였다.

"요즘은…… 너구리도 기르는구나."

너구리도 목에 줄을 매서 산책을 시키는 건지 궁금해졌다.

"이쪽으로는 안 왔는데. 어디서 잃어버렸어요?"

"헐. 벌써 물린 거예요?"

여자애 눈이 동그래졌다.

"위험하다구요, 야생 너구리. 물리면 광견병 걸린다구요. 벌써 물린 거예요, 아저씨?"

"광견병?"

"네, 광견병. 입에 거품을 물다가……."

여자애는 머리 위에 손가락으로 빙글빙글 원을 그렸다.

어이가 없었다. 미친 사람 취급이라니. 너구리를 데리고 산책하는 낭만적인 상상을 잠시 했기로서니. 그러고 보니 여자애 쪽이 더 수상했다. 야생 너구리니 광견병이니 하는 게 제정신이 아닌 것 같았다. 산책로에 수풀이 좀 우거지긴 했어도 아파트가 밀집해 있는 곳에 야생 너구리라니, 말도 안 되는 소리였다.

더 상대하고 싶지 않아 나는 다시 걷기 시작했다. 여자애도 걸었다. 광견병 어쩌고 해 놓고는 태평한 얼굴로 내 옆에서 나란히 걸을 뿐이었다. 내가 걷는 속도를 높이면 여자애도 따라 했고 내가 뛰면 여자애도 따라 뛰었다. 전속력으로 달리자 뒤에서 여자애가 소리쳤다.

"같이 가요, 아저씨! 야생 너구리는 위험하다니까요!"

못 들은 척하고 달렸다. 뒤에서 달음박질 소리가 계속 따라 붙었다. 여자애는 악착같이 따라왔다. 설마 여기까지 따라오지는 않겠지 하고 아파트 입구에서 멈춰 뒤돌아봤다가 깜짝 놀랐다. 여자애가 바로 내 코앞에서 숨을 헐떡이며 서 있었다.

갑자기 예전에 봤던 애니메이션이 떠올랐다. 너구리가 사람으로 둔갑하는 이야기였다. 내가 잠이 들던 해 봄에 친구들과 영화관에서 봤다. 승태는 뭐 이런 걸 보자고 했냐며 난리를 쳤고 소윤이는 좀 더 귀여운 너구리를 상상했다며 웃었다. 과연 실물은 어떤 느낌인지 동물원에 보러 가자고 소윤이와 약속했는데 지키지 못했다.

지키지 못할 약속을 소윤이와 많이 했다. 바다 보러 가기, 첫눈 오는 날 만나기, 여름밤에 유성우 보기, 대학 가서 배낭여행 떠나기…… 아이슬란드로 오로라를 보러 가자고도 했다. 모두 지키려고 했다. 그중 몇 가지는 지켰을지도 모른다. 시간이 지나면 하나둘 약속을 지키고 또 새로운 약속을 하나둘 더 하려고 했다. 잠들지 않았다면. 십 년 동안 내가 잠들지 않았다면.

"아, 지, 진짜 주, 죽을 뻔했네. 왜 그렇게 빨라요, 아저씨."

여자애는 가쁜 숨을 내쉬며 나무랐다. 기가 막혔다. 그런데 더 기가 막히는 소리를 들었다.

"내일 한 시에 여기서 만나요, 아저씨."

"왜, 왜요?"

"야생 너구리는 위험하다니까요."

그러더니 여자애는 내 앞을 지나쳐 아파트 단지 안으로 뛰어 갔다. 나와 같은 단지에 사는 모양이었다. 그런데 어쩌 기분이 묘했다. 묘하다기보다는 찜찜했다.

그때 갑자기 여자애가 뒤돌아서 외쳤다.

"아저씨, 약속 지켜요. 기다릴게요!"

제멋대로다. 자기 맘대로 약속 같은 걸 하다니. 너구리가 무 서우면 밤에 나오지 않으면 될 것 아닌가. 한밤중에 낯선 남자 와 너구리 중 어느 쪽이 더 무서운지 판단할 정도는 되는 나이 다. 역시 나를 만만하게 보고 있다. 갑자기 너구리보다 못한 인 간이 된 기분이었다. 일방적으로 한 약속 같은 것, 당연히 지켜 야 할 이유가 없다. 그래서 다음 날 30분 늦게 밖으로 나갔다.

"아, 왜 이렇게 늦어요? 한참 기다렸잖아요."

아파트 입구에 서 있던 여자애가 대뜸 나무라기부터 했다. 그러고는 내가 대꾸할 새도 없이 뭔가 내밀었다.

"이거 받아요."

예전에 편의점에서 즐겨 사 먹던 소시지였다. 아직 나오고 있었다니, 반가워서 나도 모르게 덥석 받았다.

"너구리가 나타나면 껍질을 까서 던져 주세요. 너구리가 소시지를 먹는 동안 저는 도망칠게요."

곤란했다.

"소시지 까는 동안 너구리가 나를 공격하면……."

"무서워요?"

"무섭다기보다."

"무섭구나."

"아니, 그렇다기보다. 위험하다면서……요?"

"그래서 무서워요?"

"아, 아니라니까!"

"잘됐네요. 이제 가요."

여자애가 앞장서 걸었다. 전날과 마찬가지로 헐렁한 티셔츠에 짧은 반바지 차림이었다. 키가 큰 편은 아니었지만 팔다리가 길고 가늘어 전체적으로 길쭉해 보였다. 짧은 단발머리 아래로 드러난 목도 유난히 가늘고 길어 어떤 동물을 연상케 했다. 그게 뭐더라. 그래, 두루미. 두루미는 어떻게 우나. 두룸, 두룸, 그렇게 울어서 두루미인가. 그런 걸 생각할 때가 아니었다. 나는 여자애를 뒤쫓아 가는 모양새로 보이기 싫어 걸음을 빨리해 여자애를 따돌렸다.

뒤에서 느긋한 목소리가 들려왔다.

"위험하다구요, 아저씨. 소시지 냄새 맡고 공격하면 어쩌려고 혼자 가요?"

서서히 속도를 늦추자 여자애가 내 옆으로 냉큼 따라붙었다.

소시지를 손에 쥐고 여자애와 나란히 걸었다. 개구리 소리가 들려오고 달이 얇은 구름에 가려 희끄무레해 보였다. 보이지 않는 꽃 냄새가 밤공기 속으로 희미하게 풍겨 왔다.

이런 밤에 걸은 적이 있었다. 운동장을 가로질러 걸으며 그것이 등꽃 향기라고 소윤이가 가르쳐 주었다. 우리 학교에는 등나무가 운동장을 빙 둘러 그늘을 드리우고 있었다. 이른 여름이면 연한 보라색 꽃에서 뿜어낸 향기가 자욱해 학교가 온통 향수병 속에 담겨 있는 것 같았다.

열네 살, 이른 여름이었다. 아직 소윤이와 사귀기 전이었다. 하지만 소윤이는 내 마음을 알고 있었을 것이다. 내가 조금만 더 걷자고 했을 때 소윤이는 웃으며 그러자고 했다. 밤이 오는 줄도 모르고 우리는 걷다가 앉아 이야기하다가 다시 꽃 넝쿨 아래를 걸었다. 꽃잎이 바닥에 하얗게 떨어졌을 무렵 나는 고백했다. 좋아한다고.

"아저씨, 고시 공부 같은 거 해요?"

급작스러운 질문이라 나도 모르게 어, 하고 얼버무리고 말았다. 중졸 검정고시를 고시라고 할 수 있을까 싶었지만 자세히 설명하고 싶지는 않았다.

"우리 집에서 아저씨 방 보이는 거 알아요?"

놀라서 말문이 막혔다.

"새벽마다 네 시에서 다섯 시 사이에 베란다에 나와서 이러잖아요."

여자애는 내가 공부하다 몸을 풀기 위해 하는 옆구리 운동이나 팔 운동 같은 스트레칭 동작을 해 보였다. 기분이 오싹했다.

"왜, 왜 그런 걸 보는 거죠?"

"보는 게 아니라 보이는 거라니까요. 아파트 구조가 엉망이라서요. 우리 집은 아저씨네 집에서 대각선 방향으로 이층 위예요."

"다, 다 보입니까?"

"실은 그림자밖에 안 보여요. 하지만 똑똑히 보여요, 그림자가."

여자애가 한쪽 입꼬리를 씨익 올리며 음산하게 웃어 보였다. 눈썹 위에서 똑바르게 자른 앞머리와 짙은 눈썹, 야무진 눈매. 한 성깔 할 얼굴이었다.

"자, 잠도 안 자요? 하, 학생은……, 학생 맞죠? 학교, 안 다녀요?"

"당연히 학교 다니죠. 그러니까 잠은 학교에서 자면 돼요. 아, 저기예요, 아저씨."

여자애가 우뚝 서더니 손가락으로 풀숲을 가리켰다.

"저기서 너구리를 봤어요. 이러고 있었어요."

여자애는 어제처럼 뒷다리로 서서 먹이 달라고 보채는 강아지 흉내를 내 보였다.

"오늘은 없네."

실망한 것 같은 목소리였다.

"처음부터 없었던 것 아닙니까?"

나도 모르게 큰 소리가 나왔다.

"무슨 말씀이세요. 어디서 나타날지 모르니 더 위험한 거죠. 아저씨, 소시지는 잘 갖고 있죠?"

"네."

"그래서 말인데요, 아저씨. 네 시로 해 주면 안 돼요?"

"뭐, 뭘 말이에요?"

"이거 말이에요."

여자애는 아까처럼 스트레칭 동작을 해 보였다.

"네 시에 해 주세요. 적어도 네 시 반에는 자고 싶거든요. 아침에 일어나기가 힘들어서 말이죠. 무척 곤란하다구요."

무슨 얘기인지 통 알 수 없었다.

"그냥 일찍 자면 되잖아요."

"그게, 안 보고 누우면 찜찜해서 말이죠. 잠이 안 오거든요. 그러니까 네 시에 해 주세요. 정확히 네 시. 그리고 아파트 입구에서 한 시에 만나요. 오늘처럼 늦으면 안 돼요. 정확히 한 시, 알았죠?"

어이가 없어서 말문이 막혔다. 가까스로 대답했다.

"내가 왜?"

"그럼 몇 시에 만나고 싶어요? 열두 시? 열두 시 반?"

"하, 한 시."

"잘됐네요."

뭐가 잘됐다는 건지 도무지 알 수 없었다. 뭐가 뭔지 알 수 없는 채로 매일 밤 여자애와 한 시에 만나 한 손에 소시지를 들고 나란히 걷거나 뛰었다. 휴대폰 알람을 네 시에 맞추고 알람 소리가 요란하게 울리면 부리나케 베란다로 나가 스트레칭을 했다. 1분이라도 늦거나 스트레칭 순서를 건너뛰거나 하면 다음 날 밤에 잔소리가 이만저만이 아니었다.

정확한 시각에 정확한 동작으로 스트레칭을 마치고 나면 내 방에서 대각선으로 이층 위에 있는 방의 불이 꺼졌다. 불이 꺼지기 전 건너편 창가에 빠이빠이라도 하듯 좌우로 움직이는 기다란 팔 그림자가 보였다.

내가 왜 이런 걸 시간 맞춰 하고 있나, 만감이 교차했다. 뒤죽박죽인 심정을 가라앉히기 위해 문제집을 펴고 수학 문제를 풀었다. 책상 위에는 밤마다 여자애가 준 소시지가 가지런히 놓여 있었다. 너구리를 본 적은 한 번도 없었다. 다행이었다. 인터넷에서 검색해 보니 과연 야생 너구리에게 물리면 광견병에 걸리는 모양이었다.

"오늘 진짜 깜깜하네요."

"응."

"너구리가 나타나기 딱 좋은 날이에요. 소시지 잘 갖고 있죠, 아저씨?"

"어어."

여자애와 산책로를 걷거나 달린 지 한 달이 넘었다. 어느 틈엔가 나는 말을 놓게 되었지만 그렇다고 친해진 건 아니었다. 단지 내 또래에게 존댓말을 하는 게 어색했을 뿐이다. 여자애 입장에서도 내가 열 살이나 많은 아저씨였으니 그 편이 자연스러웠다.

내가 여자애에 대해 알게 된 사실은 열다섯 살이고 근처 중학교에 다닌다는 정도였다. 여자애는 학교나 친구 이야기는 좀처럼 하지 않았다. 가족 얘기도 거의 꺼내지 않았다. 이 아파트로 이사한 건 최근의 일인 모양이었다. 더 이상은 알 수 없었다. 우리는 주로 너구리 이야기를 했다. 너구리가 소시지 껍질을 깔 수 있을지, 너구리는 어떻게 우는지, 너구리가 바다를 헤엄칠 수 있을지, 너구리의 집은 어디에 있을지 등등, 한 번도 모습을 드러내지 않은 너구리에 관한 대화가 거의 전부였다. 그러다 보면 너구리가 신화 속 상서로운 동물처럼 느껴지기도 했다.

너구리에 대해서도 할 이야기는 그리 많지 않았다. 그러고 나면 마치 싸운 사람처럼 둘 다 입을 꼭 다물고 걷기만 했다. 우리는 아직 침묵이 자연스러운 사이는 아니었다. 침묵이 너무 오래 이어지면 나는 머릿속으로 무슨 말을 해야 할지 궁리하곤 했다. 열다섯 살의 여자애와는 어떤 이야기를 나눠야 할지 몰랐다. 십 년 전이라면 너구리 이야기만 하지는 않았을 것이다.

그럴 때면 대개 여자애가 먼저 입을 열었다.

"아저씨는 심심할 때 뭐 해요?"

"음……, 심심할 때가 별로 없는데."

"헐. 어떻게 안 심심할 수가 있어요?"

"어어, 그러게……. 너, 너는? 넌 심심할 때 뭐 해?"

"엄마가 고양이 사 줬어요."

"아아, 고양이 좋아하는구나."

"안 좋아해요. 너구리가 새끼 고양이 잡아먹을 수 있다는 거 알아요?"

나도 모르게 고개를 돌려 여자애를 힐끗 바라보았다. 무시무 시한 말을 해 놓고는 평온한 표정이었다.

"새끼 고양이는 하루에 열여덟 시간 정도 잔대요."

"아아, 그래? 고양이 자면 뭐 해? 피시방 같은 데 가? 요즘은 뭐 많이 해?"

"롤 같은 거 많이 하는 것 같은데, 저는 게임 별루예요."

"그럼 휴대폰 게임 해? 뭐 하는데?"

"그냥 쌓고 터뜨리는 거, 가끔. 휴대폰 게임도 별루예요."

"그럼 영화는? 혹시 해리포터 봤어?"

"그거 옛날 영화잖아요."

"아아, 그렇지……. 나온 지 좀 됐지."

"1편인가 2편은 텔레비전에서 본 적 있어요. 근데 저는 좀 별 루예요. 마법이니 마법사니 너무 황당하잖아요. 엑스맨이나 어벤저스 같은 히어로물도 별루예요."

"비현실적이라?"

"네, 그래도 아이언맨은 좀 괜찮아요. 슈트 벗으면 그냥 평범한 아저씨라. 아니, 돈이 비현실적으로 많은 아저씨지만."

"너는 음……, 현실 감각이 있는 편이구나."

"그럼 뭐, 안 돼요?"

여자애와 나는 많이 달랐다. 요즘 애들은 다소 무서운 편이었다.

"대학 가면 뭐 해요?"

"군대 가고 어학연수 하고 스펙 쌓고 조별 과제 모임 하고 술도 마시고…… 그런대. 내 친구가. 나는 안 가 봐서 잘 모르겠지만."

"대학 안 갔어요?"

"으응, 아직."

"갈 거예요?"

"모르겠어."

"나도 잘 모르는데."

공통점도 있었다.

여자애와 나는 서로 모르는 것에 관해 알고 싶어 했다. 여자애는 앞으로 다가올 시간에 대해, 나는 내가 겪지 못한 시간에 대해. 차이점이라면 여자애는 십 년 후를 알게 될 것이고 나는 십 년 전의 시간을 결코 모르리라는 거였다.

날이 후텁지근했다. 잔뜩 습기를 머금은 공기 속을 한참 걸으니 땀과 습기로 온몸이 푹 젖었다. 물속을 걷는 것 같았다. 장마가 시작된다는 예보가 있었다. 고개를 젖혀 올려다보니 짙은 구름이 하늘 가득 깔려 있었다. 달도 보이지 않았다.

"어어."

"왜요?"

"지금 뭐가 떨어지지 않았니?"

"뭐가요? 앗! 비다. 아저씨, 뛰어요!"

빗방울이 조금 떨어지기 무섭게 비가 퍼붓기 시작했다. 달려서 다리 아래로 비를 피해 들어갔지만 이미 머리며 옷이 흠뻑 젖은 뒤였다. 하늘이 터진 듯했다. 폭포수처럼 비를 내리부었다. 우르릉우르릉, 멀리서 천둥소리도 나지막이 들려왔다. 하천 위를 때리는 비가 하얗게 연기를 피워 주위는 삽시간에 안개로 뒤덮였다. 순식간에 산책로의 풍경이 완전히 변했다. 어둠이 모든 걸 삼켜 버렸다. 빗소리와 부연 안개뿐이었다. 바람이 불자 비가 다리 밑으로도 들이쳤다. 우리는 으엇, 하며 비를 피해 자리를 이리저리 옮겼다.

"와, 대박! 물 넘칠 것 같아요."

"무섭게 오네."

"무서워요?"

"안 무서워."

"무섭구나."

그러고는 여자애가 까르르 웃었다. 지금 무서운 건…… 너의 웃는 소리.

"뭐, 뭐가 좋아서 웃어?"

"그럼 울어요?"

"비 오는 날 웃는 여자를 뭐라고 하는지 알아?"

여자애는 허리까지 꺾고 실성한 것처럼 웃어 댔다.

"진짜 미친 여자 보여 줄까요?"

여자애가 정색을 하더니 갑자기 똑바로 섰다. 허리를 곧추 세운 채 딱딱한 표정으로 나를 째려봐서 나는 흠칫 놀랐다. 보여 줄 필요 없다고 어물어물 말하는데 여자애가 갑자기 두 손을 가지런히 모아 머리 위로 올리고 한쪽 다리를 번쩍 치켜 올렸다. 심장이 멎는 줄 알았다. 이게 뭔가, 하는데 여자애가 뒤쪽을 향해 발길질을 했다. 완전히 오싹해졌다.

"아라라라, 아티티트."

그렇게 말했다. 아니, 그렇게 들렸다. 뭐, 뭐라는 거냐. 도무지 알아듣지 못할 소리를 낭랑히 외치더니 여자애가 이번에는 제자리에서 팽이처럼 돌기 시작했다. 뭐, 뭐 하는 거냐.

빙글빙글 돈다. 다리 밑을 정신없이 휘젓고 다닌다. 완벽하게 돌았다. 갑자기 내 쪽으로 달려온다. 나도 모르게 뒷걸음쳤다. 여자애가 내 앞을 가로막고 우뚝 섰다. 그리고 발꿈치를 모아 세워 키를 한껏 높여 내 귀에 속삭였다.

"삐루에뜨 삐께."

표정은 어디까지나 진지하다. 비에 젖은 뺨이 반들거리고 눈에는 광채가 번뜩였다. 으스스하기 짝이 없었다. 게다가 그 주문 같은 건 뭔가. 혹시 너구리로 변하는 건가!

여자애가 나를 스쳐 종종거리며 반대쪽으로 멀어져 갔다. 도망치려면 이때다 싶었는데 그 순간 여자애가 껑충 뛰어올랐다.

단발머리가 허공에서 나풀거렸다. 가늘고 긴 다리가 공중에서 가볍게 엇갈렸다. 저만치 떨어져 있는 가로등이 여자애를 희미하게 비췄다. 빛이 여자애의 몸을 따라 노랗게 가냘픈 선을 그렸다. 쭉 뻗은 다리가 물고기 꼬리처럼 어둠을 가르며 퍼덕였다. 가로등 아래로 빗줄기가 금빛 사선을 그으며 사방으로 퍼졌다. 흩날리고 부서지는 빛 조각 속에서 여자애는 빙글빙글 돌았다. 그러다 불현듯 바닥을 가볍게 한 번 탁 차더니 온몸을 쭉 펴고 공중으로 치솟았다.

날. 고. 있. 다.

나는 고개를 젖혀 멍하니 올려다봤다.

갑자기 고요해졌다. 떨어지던 빗줄기도 멈추고 흐르는 물도 정지했다. 온갖 소리가 일시에 사라졌다. 여자애가 공중에 붕 떠 있었다. 멈춰 있다, 시간이. 세상이 멈췄다, 생각한 순간 여자애가 가볍게 착지했다. 때맞춰 쏴아, 바람이 불어 빗방울이 뺨에 흩날렸다.

"어때요?"

여자애가 씩 웃으며 물었다. 빗방울이 흘러내리는 가늘고 긴 목을 잠시 바라보다 나는 말했다.

"미친 거 같아."

"그렇죠?"

그러더니 여자애는 큰 소리로 까르르 웃었다. 나도 모르게 입꼬리가 슬쩍 올라갔다.

"다섯 살부터 십 년 동안 했어요. 이제 그만뒀지만."

"왜? 잘하는 것 같은데."

"에이, 잘하긴요. 이 정도면 잘하는 게 아니라 천재예요, 천재."

"그런데 왜 그만뒀어?"

"아빠가 회사 짤렸어요. 발레가 돈이 엄청 많이 들거든요."

크리스마스에 텔레비전에서 〈호두까기 인형〉 같은 건 잠깐 본 적 있지만 발레를 실제로 본 건 처음이었다. 발레에 깜깜했지만 한 가지는 확실히 알 수 있었다. 방금 전 그건 진짜 굉장했다.

"아깝다."

"발레 선생님도 그랬어요. 대단히 애석하다고. 하지만 선생님이 돈 대 줄 건 아니니까요."

여자애는 아무렇지 않다는 듯 말했다. 표정도 상당히 온화한 것이, 발레를 싫어했는데 마침 집안 형편이 어려워져서 기뻐하는 것 같기도 했다. 바람이 불어와 우리는 옷, 차거, 하며 비를 피해 자리를 옮겼다. 조금 누그러지긴 했지만 빗줄기는 여전히 거셌다. 사방은 빗소리와 어둠뿐이었다.

"있잖아요, 아저씨."

"응."

"어디서 봤는데 다이어트를 해도 살이 찌기 시작한 기간의 십분의 일 동안에는 절대 살이 빠지지 않는대요. 그러니까 일 년 전부터 살이 쪘다면 36일 정도는 죽어라 다이어트해도 살이 안 빠지는 거죠. 그리고 실연한 다음에는 사귄 기간만큼 헤어진 사람을 잊어버릴 수 없대요. 한 달을 사귀었으면 한 달, 일 년을 사귀었으면 일 년 동안은 벗어날 수 없다는 거죠. 그게 회복의 최소 시간이래요."

"그래?"

"발레를 잊는 데는…… 얼마나 걸릴까요?"

나는 고개를 돌려 여자애를 내려다보았다. 비에 젖은 단발머리가 뺨에 달라붙어 있었다. 여자들은 실연을 하면 머리를 자른다고 어디선가 들었다. 아마 십 년 전에 들은 소리일 테니 이제는 틀린 말일지도 모른다.

"십 년?"

"그렇게 오래요?"

"그것도 최소 시간이야."

"보기보다 매정하시네요, 아저씨."

여자애가 입을 삐죽거렸다. 나는 얼굴을 돌리고 조금 웃었다.

"나요, 아저씨, 늘 발레만 생각했어요. 발레리나가 아닌 내 모습은 생각해 본 적도 없어요. 항상 꼿꼿이 등을 펴고 다니고 남들이 안 보면 발끝으로 서서 걷고 햄버거 한 개 다 먹어 본 적도 없어요. 그런데 이제 발레를 그만두니 내가 누군지 잘 모르겠어요. 모든 게 뒤죽박죽이고 낯설어요. 십 년 동안 동굴 속에서 잠을 자다 세상으로 기어 나온 것 같아요. 십 년이나 잤으니 이젠 어떻게 해야 할까요?"

그래서 잠들지 못하는 거였나. 나는 물끄러미 여자애 얼굴을 바라보았다. 밤마다 잠들지 못하는 파리한 얼굴이 담담히 어둠을 향해 있었다. 그렇게 밤이면 어둠 속 불 켜진 내 방을 바라보고 있었을까.

이 아이는 모를 것이다. 스트레칭을 끝낸 뒤 여자애 방의 불이 꺼지고 나면 내가 작은 목소리로 인사를 건네는 것을. 나는 매일 말한다. 잘 자. 그러면 내 안으로 부드러운 바람이 불어 드는 것 같았다. 잠들기 전 누군가와 인사를 나눌 수 있어서, 그것이 나는 좋았다.

"아아, 여보세요. 듣고 있습니까, 아저씨?"

"으응, 생각 중이었어."

"뭘요?"

"십 년이나 잤으니 어떻게 할까."

"어떻게 할까요?"

"우선 햄버거 하나를 다 먹고……."

여자애가 킥킥거렸다. 여자애의 웃는 얼굴을 보는 게 좋았다. 내가 한 말에 웃는 게 좋았다. 그때도, 십 년 전에도 그랬다.

소윤이를 떠올리는 시간이 적어졌다는 게 문득 생각났다. 어떻게 그럴 수 있을까. 이렇게 기억하는 시간이 짧아지다가 까맣게 잊기도 하는 걸까.

"차라리 시작하지 말걸, 발레 같은 거."

"좋아했잖아, 진심으로. 덕분에 길고 예쁜 다리도 가졌고."

"보기보다 음흉하네요, 아저씨."

"어어?"

"내 다리 보고 있었던 거예요?"

"넌 늘 반바지만 입고 나오잖아……. 미, 미안."

나는 고개를 푹 숙였다. 귓가에 깔깔거리는 소리가 들려왔다. 요즘 애들은 확실히 무섭다.

"햄버거 한 개를 다 먹고, 그다음에는요, 아저씨?"

"그다음엔……."

나는 여자애와 마주 보았다. 그다음은…… 나는 아직 모르겠다. 십 년의 잠을 회복하려면 최소 시간이 얼마나 필요한지. 십 년의 시간을 되돌리거나 따라잡을 수는 없다. 그건 불가능하다. 무엇이 가능한 일인지 나는 아직 모르겠다. 무엇이 될지, 무엇을 할 수 있을지 모른다. 하지만 우선은 우선 할 수 있는 일부터.

"마지막 동작 한 번만 더 보여 주면 생각날지도 몰라."

"마지막 동작?"

"이렇게 팔다리 쭉 펴고 두루미처럼 날아오르는 거."

"두루미? 두루미가 뭐예요? 아아, 그랑주떼 말하는 거예요?"

"그럴 거야, 아마."

여자애는 또 까르르 웃어서 나를 오싹하게 만들었다. 그러더니 등을 곧게 펴고 두 팔을 머리 위로 들어 올렸다. 그리고 빙글빙글 원을 돌더니 말했다.

"아저씨, 그랑주떼 잘하는 비결이 뭔지 알아요?"

"피나는 연습?"

풋.

"뭔데?"

"그랑주떼 전 동작을 잘하는 거예요. 도약을 위해 힘을 모았다가……"

여자애가 몇 번 스텝을 사뿐사뿐 밟으며 말했다.

"그 힘으로 뛰어오르는 거예요. 망설이지 말고 단숨에. 자, 봐요!"

여자애가 땅을 박차고 뛰어올랐다. 망설임도 두려움도 없는 힘찬 도약이었다.

공중에서 온몸을 날개처럼 활짝 펼친 여자애가 나를 내려다보며 미소 지었다. 순간 와아아, 하는 함성이 들려오고 펑펑, 폭죽이 터져 대낮처럼 밝아졌다. 사방에서 싱싱한 풀 냄새가 풍겨 오고 일제히 개구리 울음소리가 터져 나왔다. 나는 조용히 박수를 쳤다. 완벽하게 아름다운 십 년의 시간을 축하해 주고 싶었다. 풀숲 사이 너구리도 우뚝 서서 바라보고 있었다.

한밤의 미스터 고양이

"하아." 고양이가 길게 숨을 내쉬었다.

나는 숨을 따라 살짝 날아올랐다가

다시 하얀 목덜미에 앉았다.

이상했다. 숨결에서 민트 향이 났다.

알싸하고 연푸른 민트 향. 설마.

하지만 _____ 어쩐지.

"평범남만 좋아하는 너의 그 구린 취향, 진짜 맘에 든다."

그랬다. 나는 송이 말대로 평범한 남자를 좋아했다.

수많은 아이돌 그룹 중에서도 미미한 인지도를 유지하는 팀, 그 팀에서도 꽃미남 보컬도, 카리스마 넘치는 리더도, 현란한 댄스 담당도, 유머 담당도, 귀여움 담당도 아닌, 군무에서 잔물결 정도를 담당하는 멤버만을 나는 좋아했다. 파도를 일으키려면 잔물결도 필요한 법이다.

"우린 한 남자를 사이에 두고 싸울 일은 평생 없을 거야, 안 그래?"

그렇다. 송이는 거들떠보지도 않는 남자를 나는 좋아하고 있었다.

눈에 번쩍 띄는 미남은 물론 아니다. 하지만 그를 처음 봤을 때 정말이지 눈이 번쩍 뜨이는 기분이었다.

그를 처음 본 건 동아리 첫 수업 때였다. 도서부. 책을 좋아하는 이상한 애들 아니면 영화 감상부, 애니메이션부, 명상부 같은 인기 동아리에 지망했다가 탈락한 아이들이 모이는 동아리였다. 물론 나는 후자다. 가위바위보라면 나는 백전백패다.

박복한 팔자를 한탄하던 그때 도서관 문이 열리며 환한 빛이 쏟아져 들어왔다. 나는 눈이 부셔서 손차양을 만들어 눈썹에 대고 실눈으로 쳐다봤다. 그 빛 한가운데에 웬 남학생이 서 있었다. 주변의 소음은 일시에 사라지고 남학생이 걸어오는 길만 유난히 환하고 남학생은 슬로 모션으로 다가오고 있어, 내 눈에는 남학생의 걸음, 손짓, 가볍게 나풀거리는 머리카락 하나하나까지 또렷하게 보였다. 남학생이 내 앞에 정지 화면처럼 멈춰 선 찰나 내 숨도 멈춰 버렸다.

역시 박복한 팔자인 송이가 내 등짝을 후려친 그 순간, 나는 알아차렸다. 3월 11일 오후 1시 37분. 나는 사랑에 빠졌다. 전패 가도를 달리던 내 운명에 나는 처음으로 감사하게 되었다.

그는 아메리카노처럼 속 깊고 카스텔라처럼 다정한 사람이었다. 유난히 목소리가 크고 높은 동아리 회장이 학교 문화 주간 축제 계획을 열정적으로 토로할 때면 그는 노트에 조용히 내용을 받아 적었고, 다음 시간에 깔끔하게 정리한 프린트를 나눠 줬고, 아이들이 후닥닥 빠져나간 다음이면 혼자 남아 허리케인이 지나간 것 같은 도서관을 정리하곤 했다.

나는 청소라는 행위가 그렇게 기품 있고 아름다운 건 줄 처음 알았다. 조용히 책상 줄을 맞추고 여기저기 흩어진 책을 정리하는 그를 남몰래 지켜보고 있자면 가슴 한쪽에서 깃털처럼 보드라운 것이 살살 간질이는 기분이 들곤 했다. 그럴 때면 어김없이 송이가 내 등짝을 후려치며 얼른 나가자고 채근했다.

"야, 너 어디 아프냐? 왜 자꾸 실실 쪼개고 그래? 젠장, 역시 책은 건강에 안 좋아. 명상부에나 들어갔음 얼마나 좋아? 숙면에는 역시 목탁 소리가 최곤데. 야, 너 진짜 아프냐? 얼굴 완전 빨개. 아픈 거냐? 진짜 아픈 거야? 야, 너도 참 진짜. 어떻게 책 구경만 해도 아플 수가 있냐."

나는 이런저런 핑계를 대며 송이를 따돌리고 도서관을 드나들었다. 점심시간에도 종종 도서관에 있는 그를 발견할 수 있었다. 혼자 조용히 앉아 책을 읽는 그를 책꽂이 뒤에서 엿보곤 했다. 그가 앉은 자리에만 유독 햇살이 많이 들어 환했다. 책장을 넘기는 길고 하얀 손가락, 착 내리깐 짙은 속눈썹, 가끔 입가에 어리는 조용한 미소.

나는 그가 뭘 읽고 있는지 궁금해 미칠 지경이었다. 그가 도서관에서 나가면 그가 읽다가 꽂아 두고 간 책을 빼서 한 장 한 장 넘겨 보다 코끝에 대고 냄새를 맡아 봤다. 어쩐지 그리운 냄새가 났다.

도서관 밖에서도 그는 늘 눈에 띄었다. 말했다시피 그는 지극히 평범했다. 하지만 운동장에 전교생을 모아 놓고 뒤돌아

앉혀 놔도 나는 그를 대번에 찾아낼 자신이 있다. 정수리의 귀여운 쌍가마를 내가 못 알아볼 리 없다. 왼쪽 귀 뒤의 작은 점, 미세한 솜털이 나 있는 가늘고 긴 목덜미와 섬세하게 도드라진 뒷목 뼈, 사려 깊게 살짝 수그린 단정한 어깨, 얼굴을 대면 좋은 냄새가 날 것 같은 등. 눈을 감고 있어도 내 머릿속에는 그의 모든 것, 머리카락 한 올, 실핏줄 하나까지 똑똑히 그려졌다. 내 눈에는 그 사람밖에 안 보였다.

그러나 그의 눈에는 내가 보이지 않았다. 그는 평범했지만 나는 더 평범했다. 내게 비범한 점이 있다면 그를 알아보는 능력, 그것 하나뿐이었다.

한번은 복도를 걸어가는데 저만치 앞이 이상스레 밝아졌다. 뭔지 모를 예감으로 심장 박동이 빨라졌다. 아니나 다를까 그가 걸어오고 있었다. 하얗고 갸름한 얼굴, 나풀거리는 머리카락, 햇살에 비쳐 갈색 유리구슬처럼 투명한 눈동자. 다리에 힘이 풀려 나는 그 자리에 굳어 버렸다. 가까스로 고개를 숙여 인사했지만 그는 모르고 나를 지나쳤다. 대신 인사는 유난히 목소리가 크고 높은 동아리 회장이 받아 주었다.

살짝 뒤돌아보자 친구들과 함께 멀어져 가는 그의 뒷모습이 보였다. 무슨 재미난 이야기라도 하는지 떠들썩한 웃음소리가 들려왔다. 그도 웃고 있는지 보고 싶었다. 하지만 내가 할 수 있는 건 고작해야 책꽂이 사이로 숨어 그를 지켜보는 것뿐이었다.

첫 번째 책장은 신간 도서와 잡지, 세 번째 책장은 기역 자로 시작하는 제목의 한국 소설이 반쯤 비어 있는 일곱 번째 책장까지 이어지고, 아홉 번째 책장과 열 번째 책장은 무슨 이유인지 서로 멀리 떨어져 있고, 세계 문학 전집은 손때 하나 없이 깨끗하고, 해리포터 시리즈는 늘 대출 중이고, 사서 선생님 책상 둘째 칸에는 늘 과자가 들어 있고, 잠자는 데는 스물두 번째와 스물세 번째 책장 사이가 최고인데 점심시간에 늘 붙어 앉아 속닥거리던 2학년 커플이 대판 싸우고 안 보이기 시작한 뒤로는 늘 3학년 선배들이 그 자리를 차지하고 코를 곤다는 것까지, 나는 도서관이라면 훤했다.

그날도 나는 그를 책장 뒤에 숨어 지켜보고 있었다. 책상을 옮기는 그의 팔을, 책장의 먼지를 닦는 그의 손가락을, 책 한 권을 뽑아 휘리릭 넘기는 손을, 하얀 날개처럼 파닥이는 책갈피 사이로 보이는 얼굴을, 팔랑 날리는 머리카락 하나 놓칠세라 뚫어지게 바라봤다.

책장 사이로 이상스레 뿜어져 나오는 열기를 느꼈는지 그가 문득 돌아봤다. 나는 얼른 책장 밑으로 몸을 숙였다. 발소리가 다가오자 나는 바닥에 주저앉았다. 손에 잡히는 대로 아무 책이나 뽑았다. 책장 사이 통로로 하얀 운동화가 보였다. 심장이 쿵쿵거렸다. 나는 책을 펴 들고 고개를 숙였다. 쿵쿵거리는 심장 소리가 천둥소리처럼 내 귓가를 울렸다.

그의 발이 내 앞에 멈췄다. 심장이 멈췄다.

뭘 읽고 있니?

그가 물었다. 책은 새하얗게만 보였다.

너는 책을 참 좋아하는구나.

그가 말했다. 좋아하는구나. 너는 좋아하는구나. 그 순간 세상이 멈췄다.

나는 고개를 천천히 들어 올려다보았다.

"참 가지가지 한다."

송이가 팔짱을 끼고 나를 내려다보며 혀를 쯧쯧, 찼다. 급히 둘러보자 그는 이미 도서관에서 나가고 없었다.

그랬다. 나는 서른한 개의 책장에 꽂힌 책을 다 합한 것보다 더한 상상력만을 무럭무럭 키우고 있었고, 앞으로도 늘 책장 뒤에 음침하게 숨어 가지가지 할 것이다. 그렇게 내 사랑은 시작도 없이 끝날 게 분명했다. 아무리 지켜봐도 그는 알아채지 못했다.

정작 알아챈 사람은 사서 선생님이었다. 내가 책을 몹시 좋아하는 것으로 오해한 사서 선생님은 자신의 일을 아낌없이 내게 나눠 주었다. 나는 한숨을 쉬며 도서관의 이런저런 일을 돕게 되었다. 정정당당하게 그를 훔쳐볼 수 있다는 것만이 그나마 위로가 되었다.

하루는 표지가 떨어져 나간 책을 테이프로 붙이고 있는데 정수리를 살포시 내리누르는 감촉이 느껴졌다. 고개를 들어 보니 그가 내 앞에 서 있었다. 아, 또 가지가지 하고 있구나, 하며 정신을 가다듬고 다시 보니 정말 그였다. 그가 정말로 내 앞에 서 있었다. 하얗고 갸름한 얼굴, 가늘고 긴 눈, 단정한 입매. 그가 뭐라고 중얼거리더니 씩 웃었다. 머릿속이 하얘졌다. 갑자기 눈앞이 부옇게 흐려졌다. 심장이 멎었다. 이번에는 정말 멈춘 것 같았다.

그.가. 나.를. 향.해. 웃.었.다.

한참 만에 정신을 차리고 보니 그는 저만큼 뒤쪽 책꽂이 앞에 서서 책을 정리하고 있었다. 나는 좀 전의 일을 차근차근 정리해 보았다. 포근한 감촉, 아름다운 목소리, 빛나는 미소. 다시 한 번 구체적으로 정리해 보니 이랬다. 그가 내 머리를 쓰다듬고 웃어 주었다. 그리고 말했다. 꼼꼼하네.

꼼꼼하네, 꼼꼼하네. 맹세컨대 나는 그보다 더 아름다운 말을 들은 적이 없다.

그 뒤로 나는 필사적으로 꼼꼼해졌다. 신문에서 신간 소개 기사를 오려 꼼꼼하게 스크랩했고, 도서 목록을 꼼꼼하게 정리했으며, 동아리 활동 내역을 24색 사인펜으로 꼼꼼하게 쓰고 사진과 그림을 곁들여 도서관 벽에 꼼꼼하게 붙여 놓았다. 하지만 그는 내게 더 이상 꼼꼼하다고 말해 주지 않았다. 대신에 그는 나를 향해 활짝 웃었다. 그리고 말했다. 고마워, 윤화야. 윤하도 유나도 아닌 윤화라고, 그가 불러 주었다.

윤화야, 라고 말할 때 그의 입에서 민트 향이 난 것만 같았다. 알싸하고 연푸른 민트 향. 비 온 뒤 초록 숲속에서 풍겨 나오는 신선한 냄새, 첫눈 오는 날 공기에서 나는 시리고 투명한 냄새, 새벽녘 창틈으로 스며드는 파르스름한 냄새 같은 민트 향.

그의 입에서 나는 민트 향이 되고 싶어. 그렇게 생각한 순간 정말로 되고 말았다. 형태도 없고 무게도 없고 존재감도 없어 아무도 의식하지 못하지만 멈추면 죽고 마는 것.

숨, 나는 숨이 되었다.

숨이 되자 내 몸은 당연히 가벼워지고 심지어 날아다닐 수도 있었다. 나는 먼저 그의 목덜미를 가볍게 돌아 이마 위에 가지런히 내려앉은 머리카락을 후 하고 불어 넘겼다. 그가 손가락으로 머리를 매만지더니 주위를 두리번거렸다. 눈치챘나, 하는 순간 나는 다시 원래 모습으로 돌아와 있었다. 여기 있었구나 하듯 그가 나를 돌아보며 상큼하게 웃었다. 민트초코 아이스크림을 먹은 기분이었다. 입에 넣으면 화하고 달콤하게 퍼지는, 그 아이스크림 말이다.

그 뒤로 종종 나는 숨이 되었다. 숨이 된 나는 그가 읽는 책의 페이지를 함께 넘겼고 책장을 넘기는 손가락 끝에 살짝 앉아 있다 긴 속눈썹을 살며시 쓸어 보기도 했다. 그가 마시다 놓아둔 우유 팩 언저리를 넌지시 쓰다듬어 보고 우유를 넘기는 그의 목울대를 따라 오르락내리락하기도 하고 그의 등에 살포시 기대어 천장에 어룽거리는 햇살을 바라보기도 했다.

하루는 그의 어깨에 앉아 함께 그의 집으로 갔다. 그의 방은 짐작대로 내 방보다 백배는 깔끔했다. 나는 책상 위에 가지런히 놓인 연필과 볼펜들을 만져 보고 그가 어릴 때부터 소중하게 모은 듯한 피규어들도 구경하고 창가에 걸린 하얀 커튼도 흔들어 보고 침대에 펼쳐진 푸른 체크무늬 이불 속을 이리저리 돌아다녀 보기도 하고 베개 냄새도 맡아 보았다.

그는 매운 걸 싫어하고 생선 가시를 잘 발라내지 못했다. 색과 굵기가 다른 줄무늬 티셔츠를 여러 벌 갖고 있었고 푸른색을 좋아했다. 토요일 오전에는 자전거를 타고 오후에는 가끔 친구들과 영화를 보러 간다는 걸 알게 되었다. 나는 모든 걸 알고 싶었지만 화장실 안까지 따라가는 것만큼은 꾹 참았다.

하지만 안타까웠다. 나는 형체도 무게도 존재감도 없는 숨, 고작 숨일 뿐이라 할 수 있는 건 기껏해야 커튼을 팔랑거리거나 머리카락을 불어 넘기는 게 다였다. 아무리 만지고 쓸어 보아도 아무 감촉도 느낄 수 없었다. 그 역시 나를 전혀 알아보지 못했다. 몹시 미약한 바람 정도로나 느낄 뿐이었다.

차라리 강아지 같은 것이 되었으면 얼마나 좋을까. 북실북실한 강아지라면 그의 품에 달려들어 킁킁거리고 뺨도 핥고 꼬랑지도 흔들 수 있을 텐데. 살짝 입을 맞출 수도 있다고 생각하면 온몸이 토마토처럼 붉어지는 느낌이었다.

숨이 아니고 강아지나 고양이, 하다못해 햄스터라도 좋으련만. 호두 같은 눈동자로 빤히 바라보면 그가 쓰다듬어 주고 배도 긁어 주고 안아 주며 귀여워해 줄 텐데. 잘 때 꼭 끌어안고 오늘은 무슨 일이 있었는지, 매운 것과 생선 가시 말고 더 싫은 건 뭔지, 그리고 자전거 타기와 영화 보기 외에 좋아하는 건 뭔지, 앞으로 뭘 하고 싶은지, 귀여운 강아지나 고양이, 하다못해 햄스터라면 말해 줄 것이다.

그런 생각이 드는 밤이면 눈물마저 찔끔 났다. 그리고 견딜 수 없을 만큼 그가 보고 싶어 한숨을 내쉰 순간 나는 숨으로 변해서 내 방 창틈 사이를 통과해 밤하늘로 날아올랐다.

아파트 사이로 불어오는 돌풍에 휩싸여 나는 단숨에 하늘로 솟구쳐 올랐다. 힘겹게 땅속의 물을 빨아올리고 있던 꽃봉오리들이 깜짝 놀라 꽃잎을 우수수 떨어뜨렸다. 나는 점점 더 높이 올라갔다. 구름 근처에서 깃털처럼 부드럽게 바람을 탔다. 마치 우주를 유영하는 기분이었다. 손톱 끝만 한 달은 희미하고 별이 하나둘 나타나 밤을 비추었다. 까마득한 도시의 불빛도 별처럼 보였다. 황홀하여 두 개의 우주 사이를 정신없이 날아다니다가 나는 문득 기억해 냈다. 아, 그의 집으로 가는 중이었지.

바람에 이리저리 떠밀리고 지하철 통풍구에서 솟아나오는 바람에 하늘로 솟구치고 비행기 엔진에 말려들기도 하다가 가까스로 그의 방 창가에 도착한 건 밤이 깊어서였다. 15층 아파트 창문 저 아래로 도로를 달리는 자동차 소리와 이따금 날카롭게 울리는 경적 소리가 들렸다.

나는 살며시 창문 틈 사이로 들어갔다. 하얀 커튼이 살랑 흔들렸다. 달빛이 푸르스름하게 침대를 비추고 있었다. 방 안은 고요했다. 이불이 젖혀진 채로 침대는 비어 있었다. 그는 아무 데도 없었다.

아무리 기다려도 그는 돌아오지 않았다. 방문 틈새로 나가 거실과 주방, 베란다, 화장실까지 살폈지만 그는 어디에도 없었다. 망설인 끝에 안방에도 살짝 들어가 봤지만 그의 부모님이 코를 골며 잠들어 있을 뿐이었다. 나는 그의 방 창가로 돌아와 기다렸다. 푸르스름한 달빛이 텅 빈 방 안을 비추었다. 그리워서 한밤을 날아온 나는 조금 슬프고 외로웠다. 그는 어디에 있는 걸까. 새벽빛이 비쳐 들어 나는 허둥지둥 집으로 돌아왔다. 돌아오는 길은 조금은 더 수월했다.

다음 날도, 그다음 날도, 나는 밤하늘을 날아 그의 집으로 갔다. 그는 여전히 없었다.

나는 그를 찾아 밤거리를 헤맸다. 숨이 되어 좋은 것도 있었다. 아무리 밤늦게 돌아다녀도 아무도 뭐라 하지 않았다. 나는 매일 도시의 밤하늘을 날아다녔다. 날아다니다 지치면 가로수나 편의점 간판 위, 불 꺼진 집 지붕, 공원 벤치에 앉아 있거나 가로등이나 빌딩 벽에 기대어 있기도 했다. 그러다 보면 종종 나와 비슷한 존재들, 그러니까 존재하지만 거의 눈치챌 수 없는 존재들을 발견하기도 했다. 그런 존재들이 지붕이나 가로등 위에 조용히 앉아 아래를 곰곰이 내려다보고 있었다. 형체도 무게감도 거의 없었지만, 나는 그런 존재들을 분명하게 알아볼 수 있었다. 그들에게서 나와 똑같은 심정이 느껴지기 때문이었다. 그들은 외롭고 혼자였다.

놀랍게도 세상에는 나와 같은 존재들이 많았다. 나처럼 흐릿한 연기 같은 것도 있었지만 어엿한 형체와 중량과 부피를 지닌 것도 있었다. 그들은 술에 취해 비틀거리는 아저씨의 모습일 때도 있고 편의점에서 귀에 이어폰을 꽂고 혼자 라면을 먹는 학생의 모습일 때도 있었다. 졸린 눈을 비비는 편의점 아르바이트생일 때도 있고, 손전등을 들고 순찰하는 경비원, 아파트 계단을 오르내리며 현관문 앞에 전단을 붙이는 아줌마, 쓰레기차를 모는 아저씨, 손님을 집에 태워다 주고 걸어서 돌아가는 대리운전 기사, 고시원에서 웅크려 잠들어 있는 남자, 혼자 자전거를 달리는 여학생, 문 앞을 서성이며 딸을 기다리는 엄마, 빗물이 고인 웅덩이를 할짝할짝 핥는 고양이, 색을 잃고 말라 가는 꽃잎을 떨어뜨리는 벚나무, 그 가지 위에서 고단한 날개를 모으고 있는 나비의 모습을 하고 있기도 했다. 그들은 이따금 한숨을 내쉬었는데, 그 한 줄기 숨은 쌀쌀한 밤공기에 하얀 흔적을 남기며 사라졌다. 그 숨에 내가 섞일까 두려워 나는 황급히 떠나곤 했다. 혹시나 해서 그의 방으로 돌아가 보면 그는 여전히 없었다.

나는 도서관에 가도 예전처럼 꼼꼼하게 일을 할 수가 없었다. 볕이 들지 않는 자리를 골라 앉아 멍하니 그를 지켜볼 뿐이었다. 그 또한 더 이상 책을 읽지도, 책상을 정리하지도 않았다.

그는 햇살이 잘 드는 책상에 엎드린 채 잠들어 있곤 했다. 눈이 부실까 봐 나는 커튼을 쳐 햇살을 가려 주었다. 그것만으로도 상당히 피곤해졌다.

점심시간이 끝나는 종이 울리자 그는 벌떡 일어나 어리둥절한 얼굴로 주위를 둘러보았다. 한동안 멍하니 있던 그가 길게 기지개를 켰다. 기지개마저 뭐라 말할 수 없이 우아했다. 그의 얼굴에 전에 없던 그늘이 드리워져 있었다. 그걸 보자 가슴 한 구석이 아려 왔다.

송이는 정신 좀 차리라고 내 등짝을 수시로 후려쳤다. 뭐라 대꾸할 힘도 없어 가만히 있자 송이는 놀라서 내 이마에 손을 대 보았다. 노곤하고 졸렸다. 입맛도 없고 움직이고 싶지도 않았다. 할 수 있는 건 그를 생각하는 일뿐이었다.

나날이 나는 수척해지고 기운이 떨어졌지만 매일 밤 그의 집에 가는 걸 그만둘 수 없었다. 그가 보고 싶어서이기도 했지만 궁금했다. 밤마다 그는 어디로 가는지. 깊은 밤 그는 도대체 어디에 있는 건지. 내 마음속에 커다란 구멍이 뚫려 그 구멍 속으로 검은 물이 차오르는 것 같았다. 무거워 날아오르는 것도 점점 힘겨워졌다.

그러던 어느 날 밤이었다. 나는 잠시 쉬려고 공원 벤치에 앉았다. 그의 집에 갔다가 역시 비어 있는 그의 방을 보고 도시를 한 바퀴 돌아본 참이었다. 강아지를 안고 산책하는 노부부가 지나가고 나자 공원은 조용해졌다. 저녁나절 내린 비로 공기는 젖어 있었다. 바람이 불자 가까스로 붙어 있던 벚꽃 잎이 밤하늘에 하얗게 나부꼈다. 여기저기 땅 위에 생긴 물웅덩이 위로 하얀 꽃잎이 살포시 내려앉았다. 또다시 바람이 잉잉 불어 하얀 눈보라가 일어났다. 나는 바람에 날려 꽃잎 속에서 맴을 돌다가 돌풍에 휘감겨 공중으로 솟아올랐다 뚝 떨어졌다.

빠진다!

소리 지를 틈도 없이 곤두박질했다. 물웅덩이에 빠지기 직전 다행히 보드랍고 따스한 것이 나를 받아 냈다.

굽어보니 물웅덩이를 떠도는 꽃잎 사이로 하얗고 갸름한 얼굴이 비쳤다. 옆으로 길고 가는 눈, 부드러운 속눈썹, 유리구슬 같은 갈색 눈동자. 낯이 익었다. 하지만 처음 보는 고양이였다.

내가 착륙한 곳은 하얗고 매끄러운 털로 덮여 있는 고양이의 목덜미였다. 고양이는 물웅덩이를 물끄러미 바라보다 하얀 앞발로 꽃잎을 살짝 건드렸다. 그러자 물 위에 잔물결이 생겨 물결을 타고 하얀 꽃잎이 맴을 돌았다. 한참을 그러다 싫증이 났는지 고양이는 요가라도 하듯 몸을 쭈욱 뻗었다. 그 동작이 어쩐지 눈에 익었다. 뭐라 말할 수 없이 우아했다.

"하아."

고양이가 길게 숨을 내쉬었다. 나는 숨을 따라 살짝 날아올랐다가 다시 하얀 목덜미에 앉았다. 이상했다. 숨결에서 민트 향이 났다. 알싸하고 연푸른 민트 향. 설마. 하지만 어쩐지.

"주원 오빠?"

깜짝 놀란 듯한 갈색 눈동자가 허공을 뚫어지게 주시했다. 가로등 불에 은빛으로 빛나는 가느다란 수염이 바르르 떨렸다.

"진짜 주원 오빠예요?"

핑크빛 작은 코가 축축한 공기를 향해 몇 번 씰룩이더니 말했다.

"누구니?"

나는 은빛 수염을 살짝 건드린 다음 대답했다.

"저예요, 윤화."

"윤화?"

"네, 도서부의 윤화."

잠시 후 민트 향이 훅 풍겼다.

"너도 좋아하는 사람이 있구나, 윤화야."

그가 말했다. 내가 아니라 내 뒤의 깊고 황량한 북극 바다를 향해 말하는 듯한 목소리였다.

우리는 벤치에 나란히 앉아 하늘을 올려다보았다. 이제 꽃잎이 얼마 남지 않은 벚나무 가지 사이로 희미하고 여윈 달이 떠올랐다. 밤은 고요했다.

그를 힐끔 보니 앞발로 수염을 비비고 있었다. 그러다 움찔하더니 멋쩍은 웃음을 지었다.

"이게 습관이 돼서."

"네에."

"형체가 없는 것으로 변하기도 하는구나."

"잘 보면 보이기도 해요."

그는 허공을 뚫어지게 바라보다 고개를 가로젓더니 미안하다고 했다.

"뭐, 됐어요. 그 사람, 고양이를 좋아하나 봐요?"

"으응? 아아, 그 사람……."

그는 고양이 미소를 지었다.

"어떤 사람이에요?"

"그 사람은…… 책을 무척 좋아해."

쿵, 하고 심장이 내려앉았다.

"뭐, 뭘 좋아한다구요?"

"늘 도서관에 드나들어. 책장에 기대고 바닥에 주저앉아 정신없이 책을 읽고 있었어. 그게 처음 본 모습인데, 이상하게 한참 바라보게 되더라. 아마…… 그때부터 좋았던 것 같아."

늘 도서관에 있고 바닥에 주저앉아 책장에 기대어 정신없이 책을 읽고 있던 사람을 좋아한다고 말했다. 좋았던 것 같아. 그렇게 말했다. 그가 좋아한다고 말했다. 심장이 마구 뛰기 시작했다. 눈앞이 아득해지고 어쩐지 눈물이 날 것 같다. 눈치 채고 있었나? 책장 사이로 지켜보는 걸 알고 있었나? 혹시 그도……? 그런 건가? 그렇다면 지금 이건…….

고백인가?

아, 가슴이 터질 것 같아. 나는 하늘 높이 날아올랐다. 그대로 하늘 끝까지 날아갈 것 같은 기분이었지만 간신히 참고 바로 제자리로 돌아갔다. 고백을 받기에는 좀 묘한 상황이지만 나는 두근거리는 가슴을 누르며 잠자코 그의 말에 귀를 기울였다.

"웃는 얼굴이 좋아. 웃을 때 눈이 초승달처럼 되거든. 그런데 웃지 않는 얼굴도 좋더라. 목소리도 좋아. 높고 또랑또랑해서 말할 때면 마치 노래처럼 들려."

그는 뭔가 그리운 것을 기억하려는 표정을 짓다가 씨익 웃었다.

"모든 게 좋아. 처음 본 순간부터 오늘까지 413일째 좋아하고 있어."

"413일째라구요?"

"아니, 이제 막 414일째 됐다."

우수수, 바람이 불어와 꽃잎이 하얗게 떨어졌다. 마치 울고 있는 것만 같았다. 눈앞이 부예졌다. 367일 전, 그는 이미 다른 사람을 좋아하고 있었다.

"네가 좋아하는 사람은 어떤 사람이야?"

"오른쪽이에요, 오빠."

"미안, 잘 안 보여서."

"내가 좋아하는 사람은…… 아주 평범한 사람이에요."

나는 흐르는 눈물을 닦았다. 사실 눈물은 흐르지 않았지만 그런 기분이었다. 이 순간만큼은 보이지 않는 숨이라서 다행이었다.

"하지만 너에겐 특별하겠지."

나는 한참 만에 대답했다.

"저, 지금 고개 끄덕였어요."

"그래, 그렇구나."

"오빠는 좋겠어요. 이렇게 털도 북실북실하고 예쁜 고양이라 그 사람도 귀여워했겠죠."

"어어, 그게…… 그 애는 고양이 알레르기가 있더라."

한숨 소리와 함께 그리운 냄새가 살며시 풍겼다. 하지만 나는 이제 민트 향이 싫다.

나는 전속력으로 날아올라 벚나무를 힘껏 찼다. 꿈쩍도 하지 않았다. 부아가 나서 물웅덩이를 휘저었다. 하얀 꽃잎이 빙글빙글 맴돌았다. 수면 위에 뜬 달이 조각나 흩어졌다. 나는 하얀 털을 마구 헝클어뜨렸다. 북실북실한 꼬리를 물어뜯고 은빛 수염도 잡아당겼다.

"옆에 있니?"

나는 말랑말랑해 보이는 연분홍색 코를 걷어차고 대답했다.

"고양이치곤 참 둔하시네요."

"그러게."

가느스름한 눈이 부드럽게 휘었다. 달빛에 푸르스름하게 빛나는 털이 부드러운 미소처럼 물결쳤다.

"어쩔 셈이에요?"

"몰라."

"모르면 어떡해요. 바보같이."

"그래, 좀 바보 같지."

우리는 나란히 앉아 바보처럼 우두커니 밤하늘을, 밤하늘에 하나둘 나타나기 시작한 별을, 별 아래 꽃이 지고 초록 잎이 돋아나기 시작하는 벚나무를 바라보았다.

도대체 왜일까. 사랑하게 만들었으면서 그 사랑이 서로를 향하게 만들지 않은 건 무슨 이유일까. 왜 우리는 외로움마저 서로 어긋나 있는 걸까? 이 밤, 무수한 외로움 속에 그와 나는 각각의 외로움의 모양을 하고 있어 나는 조금 더 외로워졌다. 여기저기 외롭고 외로운 존재들뿐이다. 나는 울고 싶어졌다.

그때 벚나무 가지 위에 앉아 우리를 내려다보는 희미하고 고독한 존재들이 나를 향해 살짝 손을 흔들었다. 마치 알고 있다는 듯. 위로라도 하듯 손을 흔들어 주었다. 생각해 보니 그들이 있어서 나의 밤은 조금 덜 외로웠다. 내가 그들을 향해 가만히 손을 흔들어 보이자 고단하고 외로운 그들은 나무 위를 천천히 떠나 밤하늘로 살며시 날아올랐다.

"가자. 집에 데려다줄게."

"괜찮아요. 꽤 멀다구요."

"다행이다. 오늘은 걷기 좋은 밤이라."

우리는 촉촉한 땅을 사뿐사뿐 밟고 간혹 물이 고인 웅덩이를 건너기도 하면서 여린 꽃잎이 하얗게 쌓인 밤길을, 함께 차박차박 걸어 나갔다.

"옆에 있니?"

"오른쪽이에요, 오빠."

후후, 하고 나직이 웃는 소리가 났다.

"왼쪽 어깨에 앉아 있지, 너."

"보여요?"

또 후후, 하는 소리가 났다.

"그런데 넌, 날 어떻게 알아봤니?"

그런 건 그냥 알게 돼요.

하지만 그렇게 답하는 대신 나는 부드럽게 일렁이는 하얀 털을 살짝 쓸어 본 뒤 말했다.

"공기에서 좋은 냄새가 나요."

그래, 하고 그가 대답했다.

아릿하고 상큼한 공기가 가슴속에 스며들었다. 이렇게 조금 더, 푸르스름한 밤을 걷고 싶었다.

굿바이, 지나

이 모든 게 지나 때문이었다.

지나를 만난 뒤로 모든 것이 변했다.

조도는 게이가 되고,

명태는 명왕성이 되고,

육점이는 갑자기 잘생긴 사람이 되고,

나는 _____ .

아무튼 확실한 건, 우리는 모두 변했다.

흙먼지와 돌멩이와 잡초를 꿈꾸던 우리는 _____ 변태가 되었다.

조도가 사라졌다. 육점이는 1.5리터 콜라를 단숨에 들이켰고 명태는 알약 십수 알을 물도 없이 삼켰고 나는 입술만 물어뜯었다. 우리 셋은 머리를 맞댔지만 3초도 지나지 않아 부질없는 짓이라는 걸 깨닫고 각자 다른 방향을 보며 생각에 잠겼다. 하지만 그때 우리가 생각한 것은 조도가 아니라 지나의 행방이었다. 조도는 지나, 우리의 지나를 데리고 사라졌다.

우리가 지나를 만난 것은 18일하고 두 시간 전이었다.

그날도 어김없이 우리는 명태네 집에 모였다. 명태네 부모님은 맞벌이를 하시는데 늘 퇴근 시간이 늦었다. 바람직한 어버이상을 수여한다면 단연코 명태네 부모님이라고 우리는 일찌감치 합의했다.

육점이는 싱크대 밑에서 명태네 어머니가 일 년에 한 번 사골국을 끓일 때나 사용하는 냄비를 척 꺼내고 선반 세 번째 칸에서 라면을 찾아내 라면 일곱 개를 부숴 넣고 하나는 우적우적 씹기 시작했다. 명태는 식탁에 앉아 각종 영양제와 철분제, 비타민제 한 주먹을 홍삼즙과 함께 한 알 한 알 신중하게 삼키며 늘 그렇듯 두툼한 책을 보란 듯이 펼쳐 놓았다. 조도는 가방에서 2킬로그램짜리 핑크빛 아령을 꺼내 들고 90도 각도로 팔을 굽혔다 뻗으며 육점이를 향해 달걀은 여덟 개, 아니 아홉 개 넣으라고 말했다. 최근 헬스장에 다니기 시작한 조도는 단백질만 먹는 식이 요법도 함께 하고 있었다.

우리 네 사람은 초등학교 때부터 붙어 다녔다. 언젠가부터 부르기 시작한 명태, 조도, 육점이라는 별명이 익숙해서 김영태, 유온조, 정육진이라는 이름을 기억해 내려면 시간이 한참 걸릴 정도다. 우리 넷이 친구가 된 건 자의라기보다는 생존 법칙의 결과였다.

선택되지 않고 도태된 종의 모임, 그것이 우리였다.

학교에는 폭력과 악의가 넘쳐 났고 교실은 비정한 생태계의 축소판이었다. 그 속에서 내가 선택한 생존 방식은 포식자도 피식자도 되지 않겠다는 것이었다. 꼭 무엇이 되어야 한다면 돌멩이나 이슬 같은 게 되고 싶었는데, 어느 순간부터 내 주위에 녀석들이 모여 있었다. 녀석들은 공기나 잡초, 심지어 흙먼지 같은 것을 목표로 하고 있었다.

우리가 세상을 살아가기는 쉽지 않으리라는 걸 넷 다 잘 알고 있었다. 그것을 아는 데는 기저귀를 뗄 정도의 시간이면 충분했고 나머지 인생은 광합성을 하는 식물처럼 호흡과 침묵으로 살아왔다. 심심풀이로 굴려지거나 잎이 따 먹히거나 뿌리까지 잘근잘근 밟힐 때면, 우리는 맞서 싸우는 대신 서로를 위로했다. 그것으로 충분하지는 않았지만 어쨌든 없는 것보다는 나았다.

　"개인 우주여행 비용이 얼마나 드는지 알아?"

　드디어 열세 알의 알약을 모두 삼킨 명태가 질문을 던졌을 때 육점이는 크림빵을 한입에 욱여넣느라, 조도는 근육을 확인하려고 화장실 거울 앞에 서 있느라, 나는 육점이에게 크림빵을 조금 얻어먹느라 아무도 대답하지 않았다. 명태는 대답을 기다리지도 않고 이천만 달러라고 말하더니 다시 읽던 책을 넘기기 시작했다.

　명태가 우주에 대한 관심을 백분의 일만 지구에 돌린다면 이천만 달러가 한국 돈으로 얼마나 되는지 친구들에게 알려 주는 작은 배려심 정도는 지녔겠지만, 우리는 명태의 무심함을 한 번도 지적한 적이 없었다. 명태에게는 없는 게 한두 가지가 아니어서 일일이 지적하는 건 무리였다.

　좋은 점도 있었다. 명태는 우리가 자기 집 냉장고를 탈탈 터는 것에도 전혀 관심이 없었다. 냉장고뿐 아니라 대부분의 것에 명태는 무관심했다. 지구라는 건 알려고 들면 골치만 아프다는 게 명태의 지론이었다. 명태가 늘 펼쳐 놓고 있는 책은 우주와 탐사에 관한 책이었고, '아폴로 우주선 달 착륙은 할리우드 스튜디오 조작설'이라든가 'NASA의 로스웰 외계인 증거 은폐론' 같은 음모론을 신봉했다. 소설은 교과서에 나온 것 말고는 읽은 적이 없다. 허무맹랑한 것은 읽을 수 없다는 명태의 취향을 우리는 기꺼이 인정해 줬다. 어차피 우리는 교과서도 잘 안 읽으니까.

우리는 서로에게 대체로 관대했으며 그 점은 조도가 한번 만져 보라고 내민 팔뚝에도 마찬가지였다. 근육이라고는 1밀리그램도 없는 빈약한 팔을 더듬으며 우리는 조도에게 오늘따라 얼굴이 커 보인다고 칭찬해 줬다.

조도가 조도가 되기 전의 별명은 조두. 우리는 그 별명이 단지 머리 크기 때문에 붙은 건 아니라는 암시를 수도 없이 줬지만 조도는 절대 눈치채지 못했다. 조도는 무슨 수를 써도 육점이처럼 우람한 얼굴이 될 수 없다는 걸 깨닫고 그 뒤로는 근육이나 근성 같은 걸 키우기 위해 합기도 학원, 검도장, 킥복싱장, 헬스장 등을 드나들었다. 명태가 신봉하는 음모론보다 더한 미스터리는 조도가 여학생들에게 은근히 인기가 있다는 점이었다. 조도의 얼굴이 병아리 대가리처럼 귀엽다는 게 여학생들의 평이었다.

우리가 조두라는 별명 대신 조도라고 부르게 된 건 조도가 근육보다는 욕설을 현격히 향상시켰기 때문이다. 조도는 심지어 새로운 욕까지 창조해 냈다. 지브라. 조도는 그게 창의력이 번뜩이고 효과적이며 엄청 쌈박한 욕이라고 생각했다. 우리는 백 퍼센트 장담할 수 있었다. 조도는 지브라의 뜻을 모르는 게 분명했다. 초원을 달리는 슬픈 눈을 한 아름다운 얼룩무늬 말이라는 걸 알았다면 말끝마다 지브라, 지브라를 달고 다니진 않았을 것이다.

라면이 다 끓자 육점이는 명태가 읽던 책을 빼앗아 탁 덮고 그 위에 냄비를 올렸다. 명태는 별 반항 없이 책을 내주었다. 대신 책 위에 라면 국물을 흘리지 말라고 주의를 줬지만 소용없었다. 처절한 젓가락 난투 끝에 책은 상흔으로 얼룩지고 외계인의 촉수처럼 라면 가락이 이리저리 들러붙었다. 그 와중에 나이아가라 폭포가 역류하듯 육점이의 입으로 라면이 빨려 들어갔다.

육점이의 입은 블랙홀이었다. 무엇이든 삽시간에 빨아들였다. 육점이는 5분 만에 다 먹으면 음식값을 받지 않는다는 초대형 사이즈 우동을 2분 38초, 2분 13초, 2분 2초에 격파하는 기록을 세웠다. 네 번째 갔을 때는 주인한테 쫓겨나서 1분대의 벽에 진입하지 못한 안타까운 경험이 있다. 육점이의 몸무게는 0.1톤대를 육박하고 있지만 키는 작달막해서 전체적으로 둥그스름한 찐빵처럼 보였다.

순식간에 라면을 해치운 우리는 영화를 봤다. 학원이 일찍 끝나는 화요일과 목요일은 영화 감상. 딱 정한 건 아니지만 어쨌든 우리가 모여서 가장 많이 한 건 영화 보기였다. 어두침침한 피시방이나 시끄러운 패스트푸드점에서 시간을 죽이는 것보다 영화 감상은 분명 고상한 취미였다. 우리는 영웅들이 세계를 구하는 현실성 없는 영화보다는 유머와 위트가 넘치는 영화를 좋아했다. 주성치에게 환호했으며 쿵푸팬더를 흠모했다. 그래도 역시 제일 좋아하는 건 예쁜 여자가 많이 나오는 영화였다.

영화 선택권은 거의 명태에게 있었다. 놈이 제 집이라고 텃세를 부리거나 그런 건 절대 아니다. 명태의 안목은 탁월했다. 명태는 우주와 별을 바라보는 확고한 신념처럼 영화 제목이나 홍보 문구에 절대 현혹되지 않았다. 너무 적나라한 제목보다는 은근한 게 진짜라고 말하곤 했다.

해서 그날 명태가 고른 영화를 보기 시작한 지 5분도 되지 않아 분위기는 상당히 암울해졌다. 뭔가 있겠지, 하며 인내심 테스트를 시작할 무렵 육점이가 선반 세 번째 칸에 남겨 두었던 라면 두 개를 가져다 오도독오도독 씹어 먹고 조도는 지브라, 욕을 퍼붓고 나는 라면을 좀 얻어먹느라 집중력이 현저히 떨어졌다. 하지만 어느 순간 라면 씹는 소리가 뚝 끊겼다. 간혹 침 삼키는 소리만 났다.

마침내 영화가 끝나고 엔딩 크레딧이 올라갔다. 화면이 멈춘 지 한참이 지나고도 우리는 한동안 충격에서 빠져나오지 못했다.

"아놔, 지브라. 변태 새끼."

조도가 중얼거렸다.

영화에는 아주 예쁜 여자가 나왔다. 예쁜 여자는 외모가 도무지 주인공답지 않은 남자 주인공의 여자 친구였다. 미인이고 스타일도 괜찮고 성격도 나쁘지 않았는데 문제라면 단 한 가지, 인형이라는 것이었다. 북실북실한 곰이나 강아지 같은 게 아니라 실물 크기의 여자 인형. 그렇다. 이름하여 섹스돌.

주인공이 자신의 여자 친구, 즉 섹스돌을 침대에 눕혔을 때 우리의 몸은 80인치 텔레비전 화면을 향해 30센티미터쯤 일제히 굽혀졌다. 하지만 우리의 기대는 여지없이 짓밟히고 말았다. 뭘 기대했는지 확실치는 않지만 아무튼 우리가 기대한 바는 아니었다. 주인공은 인형을 진정으로, 말 그대로 진짜 사랑했던 것이다. 우리는 망연자실한 채 한동안 말이 없었다.

침묵을 깬 건 명태였다.

"상당히 잘 만들었는데. 소재는 뭘 쓰는 걸까? 특수 합성수지, 그런 건가?"

명태의 말이 무슨 뜻인지 바로 알아챘다. 우리는 명태 방으로 우르르 몰려갔다. 명태가 컴퓨터 전원을 켜고 '섹스돌'이라고 검색하자마자 수많은 사이트가 좌르르 나타났다. 모두 19금 표시가 있었다. 명태가 제 아빠 이름과 주민등록번호를 입력했다. 사이트가 대번에 열리며 우리를 열렬히 환영했다. 우리는 어릴 적 장난감 가게에 갔을 때처럼 아찔해졌다.

"역시 내 예상대로 특수 소재로 만드는군. 거기에 실리콘 홀 추가."

실리콘. 우리는 배운 적도 없는데 이상하게도 그것이 어디에 쓰이는지 대번에 이해했다.

모든 인형을 재빠르게 훑어보고 싶었지만 명태는 모델을 하나하나 클릭해 보며 제품 소개와 사용 설명서를 꼼꼼히 읽었다. 우리가 초등학교 6학년 때부터 시작한 은밀한 짓도 명태는 글로 배웠을 게 틀림없었다.

'왕가슴 그녀, 알리사.'

마시멜로처럼 포근포근해 보이는 몸에 걸친 거라곤 환히 비치는 레이스 팬티뿐이었다. 머릿속의 피가 급격히 부족해지는 기분이었다.

'투명 에어식 풍선류. 본체, 실리콘홀, 공기 주입 펌프로 구성. 거의 완벽한 몸매 재현. 모든 자세가 가능한 퍼펙트 바디.'

저마다 침 넘기는 소리가 요란했지만 우리는 예의 바르게 무시했다.

"실용적인 면에서 단연 최고. 게다가 특가 세일 중. 정가 십삼만 원의 반도 안 되는 가격 오만구천구백 원에 모십니다."

명태가 담담한 어조로 읽어 내려가자, 우리 모두는 한 달 용돈이 얼마 남았나 헤아리느라 머릿속이 분주해졌다.

"역시 영화란 허무맹랑하다니까. 이런 조잡한 인형 따위를 어떻게 정말 사랑할 수 있어? 말이 되냐?"

육점이가 라면을 오도독 씹더니 말했다.

"너는 외계인도 믿잖아."

그랬다. 외계인을 믿는 취향에도 너그러운 우린데 인형을 사랑하는 취향을 받아들이지 못할 건 또 뭐란 말인가. 한때 우리 모두는 모형 자동차나 기차, 헬리콥터, 심지어 플라스틱 총과 칼까지 사랑해서 껴안고 잔 경험이 있지 않은가. 우리는 나이를 먹음과 동시에 때가 덕지덕지 묻었음을 인정했고, 아울러 순진무구한 동심의 세계를 회복해 보자는 데 뜻과 돈을 모았다.

그래서 우리는 지나, '판타스틱 바디, 지나'를 구매하기로 결정했다. 우리의 전 재산을 쏟아부었다. 특가 한정 판매 팔만구천구백 원이었다.

그다음 날부터 우리는 학교 끝나기가 무섭게 명태네 집으로 갔다. 전에도 거의 날마다 갔지만 주문한 뒤로는 하루도 빼놓지 않고, 그것도 숨차게 뛰어서 갔다. 배송은 입금일로부터 일주일에서 열흘이 걸린다고 했다. 그걸 알면서도 간혹 예상보다 택배가 일찍 오는 경우가 있더라고 누가 중얼거리면 다들 그런 경험이 있다고 맞장구쳤다. 라면을 먹을 때도 우리의 눈은 현관문에 가 있었고 영화를 보는 와중에도 무심코 고개가 현관 쪽으로 돌아갔고 시시때때로 초인종이 울리는 환청에 시달렸고 이웃집 초인종 소리에 튀어 나가기도 했다. 명태는 방금 먹은 알약이 비타민 C인지 비타민 D인지 모르겠다고 중얼거렸고 육점이는 하루에 세 개 먹던 크림빵이 네 개로 늘어났는데도 내가 조금만 달라고 하면 못 들은 척 마구 입 안에 욱여넣었고 조도는 여느 때보다 격렬히 지브라 욕설을 퍼부었는데 그 대상은 아리송했다.

우리는 하루 종일 심해를 떠도는 해파리처럼 공허한 눈빛으로 택배, 택배 하고 음산하게 중얼거리다 명태네 부모님이 퇴근하기 직전에야 각자의 집을 향해 쓸쓸하게 발걸음을 돌렸다. 그러고도 잠들 때까지 끊임없이 문자를 주고받았다. 뭐든 하지 않고는 잠시도 견딜 수 없었다. 숨이 막히고 피가 마르는 것 같았다.

우리가 보인 증상에는 단순히 택배를 기다리는 초조함과 기대 이상의 뭔가가 있었다. 내용의 특성상 누구에게도 발각돼서는 안 된다는 불안함과 만약 일이 잘못될 때의 공포감, 그것만도 아니었다.

우리는 생각지도 못했던 어떤 것을 발견했다. 명태가 미지의 세계를 올려다볼 때, 조도가 지브라 지브라, 리드미컬한 욕을 한바탕 쏟아 낸 뒤, 그리고 육점이가 급식을 세 번 받다 먹고도 집으로 돌아오며 크림빵을 세 개씩 사서 입에 욱여넣을 때 나타났던 것, 그러니까 공허한 눈, 풀리지 않는 분, 채워지지 않는 허기의 근원이 무엇인지 어렴풋이 깨달은 것이다.

우리에게 뭔가 부족한 부분이 있다는 걸 우리 모두는 잘 알고 있었지만 그게 뭔지 명확하진 않았다. 그것은 맨홀 뚜껑 아래, 끝도 알 수 없는 어둠처럼 우리 안에 자리 잡고 있었다. 그런데 지나에게 붙어 있는 홍보 문구를 읽고 난 다음에 비로소 우리는 알 수 있었다.

'지나와 함께라면 전혀 외롭지 않습니다!'

우리는 부족한 게 아니었다. 우리는 외로웠던 것이다. 지나를 알게 되자 우리는 블랙홀같이 아득한 외로움을 절감했다.

우리는 코 밑에 돋아나는 수염의 형태만큼이나 이성과의 교제, 그러니까 이른바 '사귄다'고 하는 것에 신경 쓰고 있었다. 하지만 우리 모두는 유치원 재롱 잔치 이후로 여자 손조차 잡아 보지 못한 처지였다. 이대로라면 여자 친구를 사귀는 것은 다음 생에서나 가능해 보였다. 이슬과 돌멩이, 심지어 흙먼지를 좋아해 줄 여자가 어디 있겠느냔 말이다. 우리는 여자애들에게 제법 줄기차게 고백을 받아 온 조도 역시 손바닥과 손바닥의 마주침 이상의 신체 접촉은 없었으리라 확신했다. 그 이상을 경험한 놈이 노상 우리와 붙어 다닐 리가 없기 때문이다.

심연에 감춰져 있던 외로움이란 놈이 정체를 드러내자, 놈은 무럭무럭 자랐고 우리는 외로움에 질식할 정도가 됐다. 그래서 우리는 간절히 기다렸다. 우리의 지나를.

드디어 왔다. 지나가 우리에게 왔다.

195시간 48분, 그러니까 주문한 지 8일하고 세 시간 48분 만이었다. 우리는 상자 안에 들어 있는 지나를 고이 모시고 평소와는 달리 거실 대신 명태의 방으로 들어갔다. 방문을 잠근 명태가 조심스럽게 상자를 봉한 테이프를 뜯어내기 시작했다. 찌익 찌이익 소리에 내 심장에 붙어 있는 테이프가 뜯기는 것처럼 온몸이 저릿저릿했다. 명태가 박스를 열어젖혔다.

아아, 우리의 입에서 탄성이 실제로 나오지는 않았지만 거의 그런 표정이었다. 모두 상자 속만 뚫어지게 들여다봤다. 지나는 우리의 상상과는 달랐다. 지나라기보다는 바람 빠진 튜브 쪽에 가까워 보였다. 명태 말대로 이런 고무와 사랑을 한다는 건 거의 불가능하다는 쪽으로 생각이 기우는 순간, 육점이가 주입식 공기 펌프를 축 늘어진 튜브 같은 것에 끼우더니 바람을 불어 넣기 시작했다. 대지와 우주의 모든 에너지를 0.1톤의 몸 안에 모아 그것을 불어넣는 것처럼 보였다.

지나가 서서히 살아났다. 얼굴에 혈색이 돌고 살이 부드럽게 부풀어 오르고 다리가 빵빵해지고 허리를 곧추세우더니, 어어, 가슴이!

"파아!"

깊은 물속에 있다가 물 밖으로 나온 돌고래처럼 육점이가 숨을 내뿜었다. 육점이가 크림빵으로 힘을 보충하는 동안 우리는 번갈아 공기 펌프를 입에 물고 지나에게 숨을 불어 넣었다. 힘을 내. 죽을 것 같아. 피가 거꾸로 쏠리는 기분이야. 빈혈 올 것 같아. 픕픕푸우, 푸우푸우, 파아. 이제 거의 다 됐어. 푸후후 흡, 푸핫.

그렇게 지나가 탄생했다.

우리는 포화 속에서 살아남은 동지처럼 서로를 대견한 눈으로 바라보았다. 그것도 잠시, 우리의 눈은 일제히 지나에게 쏠렸다. 그러다 가로지른 시선이 서로 마주치면 어색한 미소를 짓고 고개를 돌렸다가 어느새 또 지나를 힐끔거렸다.

지나는 봄날 언덕을 구르는 강아지처럼 귀엽고 호기심 많은 아기 사슴처럼 사랑스럽고 하얀 털이 보송보송한 고양이처럼 깜찍했다. 아이돌처럼 화려한 얼굴이 아니라 옆 반에서 세 번째나 네 번째로 예쁜 여학생 정도라 호감도가 상승했다. 친근감 느껴지는 얼굴 아래로는 명태의 촉이 제대로 발휘될 때 고른 영화 속 여주인공 모습 그대로였다. 허리는 놀랄 만큼 잘록하고 가슴은 말도 못하게 빵빵했다. 우리는 서로 눈치만 보았고, 지나는 그런 우리를 조용히 미소 지으며 바라보았다.

"어어, 제법 잘 만들었는데. 화면이랑 크게 다르지 않아."

명태의 말이 신호라도 되듯 우리는 조심스럽게 지나를 향해 손을 내밀었다. 명태와 내가 지나의 손을 각각 살며시 잡고 육점이가 통통한 손가락으로 지나의 뺨을 슬쩍 어루만졌다.

"이 정도면 지브라, F, 아니 G컵은 되겠어."

말이 끝나자마자 조도가 지나의 가슴을 거침없이 주물렀다. 화들짝 놀란 우리는 조도의 대담함에 감탄하며 속으로 침만 삼켰다.

우리가 번갈아 가며 불어 넣은 숨이 가득 차 있어서인지 지나의 손은 어쩐지 따스하고 부드러웠다. 특수 소재와 실리콘의 우수성에 관해 토론하는 동안 우리의 얼굴은 자꾸만 붉어져 갔고 어느 순간부터 모두 침묵했다. 한참 지난 뒤 육점이가 부시럭대며 남은 빵 봉투를 뜯어 크림빵을 한입에 해치웠고 명태는 약 먹는 시간이 지났다고 중얼거렸고 조도는 컵 운운한 이후로는 웬일로 조용했지만, 그때 우리는 분명 한마음이었다.

우리 모두 사랑에 빠진 것이다.

그 순간 고통이 찾아왔다. 지나의 몸 한가운데 있는 은밀한 구멍에 빨려 들어가듯 우리의 마음은 점점 어지럽고 어두워졌다. 그 구멍이 어떤 용도인지 어렴풋이 알고 있었지만 늘 그렇듯 우리는 아는 것을 실천에 옮기는 게 어려웠다. 그러나 우리에게는 우리의 순수를 시험해 봐야 할 임무가 있었다. 우리의 지나를 고작 고무풍선에 불과한 사물로 전락시키고 말 것인가. 그럴 가능성은 거의 없다는 것을 예감했지만 누가 먼저 시험대에 오를지가 문제였다. 우리에게 모자라는 많은 것 중 하나인 솔선수범에 대해서 그때만큼 애석해한 적은 없었다.

머리를 맞대고 궁리한 끝에 세상에서 가장 공평한 방법인 가위바위보로 결정하기로 했다. 이긴 사람이 먼저인가 진 사람이 먼저인가를 두고는 의견이 분분했지만, 결국 진 사람에게 우리의 순수를 시험할 첫 번째 기회를 주기로 했다. 그래서 나는 지나와 함께 귀가하게 됐다. 지나를 잘 부탁한다는 세 번의 뜨거운 악수가 있고 난 다음의 일이었다.

그날 밤 지나는, 천사같이 순수한 얼굴을 한 지나는 수줍어

하며 내 침대 위에 앉았다. 내 베개를 내주자 지나는 피곤한지 매끈하고 긴 다리를 쭉 뻗고 누웠다. 입은 게 거의 없는 지나의 몸에 이불을 덮어 주자 지나는 사슴 같은 눈망울로 눈 한 번 깜빡이지 않고 나를 빤히 바라봤다. 그러자 내 모든 신체 기관이 강렬하게 움직이기 시작했다. 심장은 쿵쿵대고 호흡은 가빠지고 머릿속의 적혈구와 백혈구, 혈소판 등등이 아래쪽의 한 부분을 향해 빠르게 몰려갔다. 어지럽기도 하고 몹시 피로해져서 나는 지나 옆에 쓰러지듯 누웠다. 지나의 얼굴이 코앞에 닿았다. 복숭아 냄새. 지나의 숨결에서 달콤한 복숭아 냄새가 났다. 부드럽고 따스한 숨결은 깃털처럼 내 코를 간질였다.

나는 가만히 손을 뻗었다. 심장이 두근댔다. 지나의 핑크빛 뺨에 손가락이 닿는 순간 방문이 왈칵 열렸다. 엄마였다.

외마디 비명을 지르며 나는 벌떡 일어났다.

꿈이었다. 의식이 돌아오면서 지나는 바람이 빠진 채 공기 펌프와 함께 내 침대 밑에 누워 있을 뿐이라는 걸 깨달았다. 안도의 한숨을 내쉬었지만 꿈을 생각하니 온몸이 오싹해졌다. 등에는 땀이 축축하게 배어 있었다.

그날 밤 나는 밤새 뒤척였다. 엄마가 청소기를 침대 밑에 쑤셔 넣었다. 꿈이었다. 아빠가 나를 멍하니 바라보고 있었다. 식탁에 지나가 내 옆에 앉아 있었다. 꿈이었다. 거실로 나갔더니 지나가 내 여동생과 함께 소파에 앉아 있었다. 또 꿈이었다.

다음 날 나는 퀭한 얼굴로 지나와 함께 등교했다. 지나를 내

방에 혼자 두는 것은 극히 위험한 일이라는 판단 아래 택한 최선책이었다. 그리고 그날 가방 검사가 있었다.

"부모님 모시고 와."

우리는 목숨을 드릴 테니 제발 살려 달라고 애원하며 담임의 바짓가랑이를 붙잡았다. 담임은 씩 웃으며 단박에 거절했다. 교문을 나서는 우리들 앞으로 우리의 앞날처럼 암담한 그림자 네 개가 힘없이 드리워졌다.

"지브라, 야, 너 미친 거 아냐?"

교문을 막 빠져나오는 순간 조도가 따지듯 물었다.

"그래, 다 너 때문이야."

명태가 차가운 목소리로 말했다. 나는 내 귀를 의심했다. 또한 내가 단 한 번도 의심해 본 적 없는 것에 대해 문득 의심이 들었다. 그것은 바로 수년 동안 쌓아 온 우리의 우정이었다. 우리가 친구라면 이럴 수는 없었다. 엄밀히 따지자면 그 일은 각자 공평하게 4분의 1만큼씩의 책임이 있었다.

그때 배가 고파서인지 몹시 피로한 얼굴로 잠자코 있던 육점이가 입을 열었다.

"그런데 너, 해 보기는 했냐?"

나는 고개를 푹 숙였고 내 귓가에는 세 명의 한숨 소리가 들려왔다. 우리는 다시 친구로 돌아갔다. 아무리 올려다봐도, 욕을 해도, 먹어도 채워지지 않는 블랙홀이 다시 우리를 빨아들였고 우리는 외로움에 사무쳐 각자의 집으로 돌아갔다.

다음 날 우리의 부모님들은 얼굴이 벌게진 채로 고개를 조아리며 서로 인사도 나누지 못하고 교무실을 빠져나갔고, 우리에게는 일주일 정학 처분이 내려졌다.

　우리는 그렇게 지나를 잃었다.

　인류가 진화하는 데는 수백만 년이 걸렸지만 사람이 동물로 변하는 것은 순식간이었다.

　창살 안의 원숭이, 그것이 우리였다. 학생부실에서 반성문을 쓰는 우리를 구경하려고 전교생이 다 몰려와 창문 밖에서 기웃거렸다. 가끔 과자 부스러기를 던지기도 했다. 오후에는 소처럼 일을 해야 했다. 화단에 쭈그려 앉아 잡초를 뽑고 있노라면 아이들이 우리를 둘러싸고 낄낄댔다. 간간이 변태라는 소리가 들려왔다. 좋았냐? 누군가 큰 소리로 외치자 왁자한 웃음소리가 터져 나왔다. 뽑은 풀을 죄다 입에 밀어 넣고 싶었다. 그중에는 분명 독초도 있을 것이다. 차라리 죽는 게 낫지 싶었다.

　그 와중에 친절하게 말을 걸어 준 아이도 있었다. 급식실에서 일부러 다가와 반에서 떠도는 말을 전해 준 여자애는 한때 조도의 새 같은 얼굴을 흠모했다가 서너 마디 나눈 다음이면 학을 떼던 여자애들 중 하나였다. 그 애는 이렇게 말했다. 너희 완전 징그럽대.

　우리는 묵묵히 밥만 먹었다. 제육볶음에서 아무 맛이 안 났다. 여느 때와 달리 육점이가 제일 먼저 급식실을 빠져나갔고 우리는 서둘러 그 뒤를 따라 나갔다. 징그럽다면 동물 중에서도 파충류 아니면 촌충쯤 될 거라고 우리는 짐작했다. 돌멩이나 공기, 흙먼지를 꿈꾸었던 우리로서는 정말 난감했다.

집에서는 보이지 않는 유령이나 투명인간이었다. 내가 못 살아, 정말. 엄마는 허공을 향해 염불 외듯 중얼거리다 땅을 향해 한숨을 내쉬었다. 쬐끄만 게 커서 뭐가 되려고. 여동생은 평소보다 백만 배는 더 얄밉게 이죽거렸다. 한 대 쳐 주고 싶었지만 상대해 봤자 나만 손해였다. 쬐끄만 게 뭘 알겠는가. 그래, 성능은 괜찮든? 영화에 나오는 아빠들처럼 그런 말로 쿨하게 농담을 건네는 대신 어쩔 줄 몰라 하며 내 머리 뒤의 어딘가를 응시하는 아빠를 보면 정말 내가 투명인간이 된 기분이었다. 엄마는 나랑 얘기 좀 해 보라고 팔꿈치로 아빠 옆구리를 쿡쿡 찔렀지만 나도 아빠랑 얘기할 기분은 아니었다. 평소에도 아빠랑 나는 별로 이야기를 안 했다.

가장 힘든 건 우리의 아지트이자 안식처, 지상 낙원을 빼앗긴 거였다. 우리가 바람직한 어버이상의 주인공으로 추앙했던 명태네 부모님이 명태네 집에 모이는 걸 금지했기 때문이다. 우리의 고상한 취미 생활도 물론 끝이었다. 우리는 각자의 집에서 식물처럼 호흡과 침묵으로 시간을 견뎠다.

우리가 지나 때문에 알게 된 외로움은 지나가 사라지고 나자 그 크기가 점점 커졌다. 우리는 지나, 우리의 아름다운 지나를 밤마다 떠올리며 그리워했다. 지나가 떠나고 나자 확실히 알 수 있었다. 우리는 진짜, 정말로, 지나를 사랑했던 것이다. 지나를 빼앗아 가고 우리의 순수한 사랑을 조롱한 잔인한 세상을 저주하며 몸부림치며 때론 눈물을 찔끔거리며, 우리는 고통의 시간을 보냈다.

지옥과 같았던 정학이 드디어 끝나는 날 밤이었다. 조도에게서 문자가 왔다. 우리 아파트 놀이터에 와 있으니 잠시만 나오라고 했다. 하루 종일 같이 반성문 쓰고 풀을 뽑은 처지였지만 문자를 보니 반가워서 눈물이 날 뻔했다. 나는 방문을 박차고 단숨에 놀이터로 달려갔다.

저만치 웅크리고 앉아 있는 조도의 길쭉한 등이 보였다. 바야흐로 하루살이의 계절이었다. 조도를 둘러싸고 하루살이가 허리케인처럼 소용돌이치고 있었는데 그 모습이 안쓰러웠다. 조도는 긴 다리를 질질 끌며 그네를 타 보겠다고 용을 쓰고 있었다. 어쩐지 눈물이 나올 것 같아 나는 큰 소리로 외쳤다.

"야! 명태랑 육점이는 어딨냐?"

조도가 그네를 멈추더니 혼자 왔다고 했다. 그렇게 말하는 조도의 얼굴과 목소리가 평소보다 한 톤 정도 어두워서 나는 이상하다 싶으면서도 내색하지 않고 조도 옆의 그네에 올라앉았다.

"밥은?"

"밥 생각도 없다."

조도는 침울한 표정으로 대답했다. 조도답지 않았다.

"오다가 편의점에서 컵라면 하나 먹었다. 삼각김밥도 두 개 먹었나."

"너 탄수화물 끊었잖아."

"나 헬스 관뒀어. 다 부질없다는 생각이 든다. 아놔, 지브라, 세상 엿 같다."

조도는 엿 같은 세상에 분풀이라도 하려는 듯 한쪽 발로 땅을 퍽퍽 차 댔는데 그 바람에 그네가 기울어 떨어질 뻔했다. 가까스로 균형을 잡고 앉은 조도가 말했다.

"내가 여섯 살 때 우리 유치원에 나만 보면 못살게 구는 새끼가 있었어. 지브라, 야비한 새끼였는데 몸집이 열라 컸어. 하루는 내가 갖고 놀던 장난감을 그 야비한 새끼가 빼앗아서 달아나잖아. 갖고 놀고 싶은 것도 아니고 순전히 나를 약 올리려고 그런 거지. 이성적으로는 판단이 되지만 지브라, 여섯 살인데 몸이 이성의 판단대로 따라지냐. 정신없이 그 새끼를 쫓아갔지. 그 새끼가 잡힐 듯 말 듯하며 유치원 뒷마당으로 도망갔어. 나도 거기까지 쫓아갔지. 그 새끼는 여섯 살 유치원생의 껍데기를 뒤집어쓴 악마였어. 선생님들 안 보는 곳으로 날 유인했던 거지. 너, 유치원 때 좀 싸워 봤냐?"

일방적으로 맞은 것도 싸움이라고 할 수 있을까 싶었지만 나는 일단 고개를 끄덕여 보였다.

"그래, 너도 잘 알다시피 유치원생들 싸움은 레슬링이나 유도랑 비슷하잖냐. 둘이 엉겨 붙어 있다가 먼저 우는 놈이 있으면 끝이라고. 그런데 그 새끼는 제대로 싸울 줄 알았어. 일단 내 배를 차서 쓰러뜨려 놓고 내 위에 걸터앉아서 얼굴을 향해 주먹을 날리기 시작했어. 반항도 제대로 못 하고 눈만 감고 있었어. 눈은 소중한 거잖아. 그런데 갑자기 주먹질이 뚝 그쳤지. 눈을 살짝 떠 보니 그 새끼가 내 발치에서 버둥거리고 있더라고. 그 새끼를 누르고 있는 게 일곱 살 반 형님이었어. 앞머리를 레고 인형처럼 자른 형님이었는데, 아무튼 그 형님이 그 새끼 목에 헤드록을 걸고 있더라고. 그 순간 지브라, 그 형님을 존경하게 됐어."

"여섯 살한테 일곱 살은 하늘이지."

"그렇지. 너도 좀 아는구나. 그때 그 형님이 나한테 그랬어."

"뭐라고?"

"야, 나 빨간 띠야."

"아아."

"그 뒤로 당장 태권도 도장에 등록했지."

"아아."

나는 조도가 갑자기 왜 이런 이야기를 꺼내는지 영문을 알 수 없었다. 그 뒤로 조도는 그 일곱 살 형님이 초등학교 입학하면서 태권도 도장을 그만둔 뒤로는 한 번도 본 적이 없는데 그렇게 존경하던 분의 이름이 기억 안 나는 것이 참 이상하다는 둥, 유치원의 비열한 새끼는 그 뒤로 약은 좀 올려도 때리지는 않았다는 둥, 소금 간을 안 한 닭 가슴살은 비려서 못 먹겠다는 등, 요즘은 별이 별로 안 보인다는 둥, 저게 혹시 북두칠성이냐는 둥, 명태는 보면 어떤 게 북두칠성인지 알 수 있을까, 하는 소리를 주저리주저리 늘어놓다가 급기야는 이런 소리까지 했다.

"있잖아, 육점이가 그랬는데 말이다. 넌 병맛 같은 구석이 있긴 하지만······."

"뭐?"

"흥분하지 말고 끝까지 들어 봐. 넌 꽤 괜찮은 면도 많은데 그중 하나는 절대 나대지 않는 거라고 했다."

이게 칭찬인가 얼떨떨해졌다.

"실은······ 너한테 할 말이 있다."

조도는 괜스레 뜸을 들였고, 나는 하루살이를 손으로 홰홰 저어 쫓으며 조도의 말을 기다렸다.

"나 말이야······ 지브라, 나 요새 기분이 좀 이상하다."

"나도 막 날아다닐 기분은 아니야."

"그게······ 지나 말이야."

그 이름을 듣는 순간 날카로운 칼이 심장에 박히는 기분이 들었다. 상처를 수습할 겨를도 주지 않고 조도가 물었다.

"어땠냐?"

"어떻다니? 상당히 잘 만들어졌잖아. 특수 소재에 실리콘······."

"하고 싶었냐?"

말문이 막혔다. 하고 싶은 마음은커녕 침대 밑에 처박아 두고 밤새 악몽만 꿨다고 차마 말할 수는 없었다.

"난 말이야…… 그래, 지브라, 난 전혀 안 느껴졌어."

"느끼긴 뭘……."

지나의 가슴을 주무르던 조도의 대담한 손길이 퍼뜩 떠올랐다. 나는 조도도 우리처럼 경험이 없을 거라고 확신하고 있었지만 그 손길을 떠올리자 혹시나, 하는 생각이 들었다. 조도의 병아리 같은 대가리와 긴 다리에 반해 고백을 해 오던 수많은 여자애들이 머릿속에 스쳐 지나갔다. 그중에는 옆 반에서 두 번째로 예쁜 애도 있었고 옆옆 반의 전교 10등 안에 든다는 여자애도 있었다. 우리는 그것을 지켜보며 우리가 책에서나 어른들한테 들었던 말, 즉 '겉보다 속이 중요하다'는 말이 말짱 거짓임을 깨달았다.

조도가 가장 오래 사귄 여자애는 우리가 재 본 바에 의하면 77시간 38분 25초, 사흘을 겨우 넘겼는데 그 시간 동안 설마 별일이 있었을까 싶지만 그것은 나와 명태, 육점이의 상상의 한계를 넘어서는 일이었다. 이 녀석 혹시…… 진짜 해 본 건가? 우리도 모르게? 우리의 상상을 넘어서는 일을 조도가 했다면 인형 따위가 무슨 필요란 말인가.

"야, 당연하지 않냐. 느끼긴 뭘 느껴. 고작 인형인데."

나는 애써 심드렁하게 말했다.

"그럼 너도 아무 느낌 없었단 말이지?"

그렇다고 대답하자니 그건 지나에 대한 사랑을 부정하고 배신하는 일 같아서 나는 잠시 머뭇거렸다.

"지브라, 역시 느꼈구나, 넌."

조도가 어째 힘없이 중얼거렸다.

"아니, 뭐, 워낙 지나가 예쁘게 생기기도 했고. 넌 인형에 감정이입 하는 타입이 아닐지도……."

"그게 아니야."

조도가 내 말을 단박에 잘랐다.

"아니야? 그럼 넌 어쩌면 알리사나 빅토리아가 취향일지도……."

"아니라니까!"

"그럼 에바나 카나에……?"

"에이씨, 이 지브라, 븅신 새끼야. 아니라고, 아니라고! 인형이든 진짜 사람이든 여자를 좋아해 본 적이 없다고!"

나는 멍하니 조도를 바라봤다.

"그니까, 나는, 나는 말이야……, 지브라, 아무래도 그거인 것 같아."

"그거라니?"

"게이…… 말이야."

숨이 턱 막혔다.

눈앞에 하루살이 떼가 게이, 게이, 게이 하며 어지러이 맴돌았다. 나는 하루살이 떼를 손으로 휘이휘이 쫓으며 조도의 얼굴을 힐끔 쳐다봤다. 조도의 눈 밑이 침침하게 그늘이 져 있었다. 나는 무슨 말이든 하고 싶었지만 무슨 말을 해야 할지 몰랐다. 명한 상태에서 가까스로 든 생각은 돌아가고 싶다는 것뿐이었다. 5분 전쯤의 조도와 나, 그러니까 게이 같은 건 영화 속에서나 구경하던 때로 돌아가고 싶었다.

"에이씨, 븅신아, 욕은 왜 해?"

내 말에 조도가 고개를 돌렸다. 그러고는 나를 한참 바라보다 내뱉었다.

"븅신, 너나 지브라, 욕하지 마."

"븅신. 너도 하지 마."

"븅신."

"뭐, 그렇다고 쳐, 븅신아. 라면이나 먹으러 가자."

"븅신아, 오면서 먹었다니까 뭘 처들은 거야? 그리고 지브라, 이 시간부터 탄수화물 끊기로 했어."

"생각 잘했어. 탄수화물이 머리에 안 좋은 거 같아, 이 조두야."

"확! 죽을라고. 형님은 집에나 갈란다."

"그래, 그럼."

간신히 5분 30초 전쯤의 조도와 나로 돌아간 것 같았다. 하지만 그렇지 않다는 건 조도와 나 둘 다 잘 알고 있었다. 조도와 나는 신발을 질질 끌며 천천히 놀이터를 빠져나왔다. 집 앞에서 헤어지며 조도가 좀 망설이는 듯하더니 말했다.

"넌 육점이가 말한 대로 결코 나대는 성격이 아니라는 걸 잘 알고 있지만……."

조도가 내 눈을 잠시 뚫어지게 바라보다가 말을 이었다.

"다른 애들한테는…… 비밀로 해 줘, 지브라."

"염려 마."

조도는 휘적휘적 긴 그림자를 끌며 멀어져 갔다. 횡단보도를 건너 편의점을 지나 빵집이 있는 건물 모퉁이를 돌아 조도의 그림자가 완전히 사라진 것을 확인한 뒤 나는 바로 휴대폰을 꺼내 문자를 보냈다. 5분도 지나지 않아 명태와 육점이가 놀이터에 나타났다.

가로등 아래 벤치에 명태, 나, 육점이 순으로 나란히 앉았다가 일어났다. 이런 이야기를 하기엔 너무 환했다. 놀이터 구석으로 자리를 옮기고도 나는 좀처럼 말을 꺼낼 수 없었다. 오랜만에 이렇게 모이니까 참 좋은데 조도는 왜 안 오냐고 육점이가 감자칩을 먹으며 물었고 명태는 쌍안경으로 하늘을 올려다보느라 여념이 없었다. 나는 조도가 왜 유치원의 야비한 새끼 이야기까지 꺼내며 뜸을 들였는지 비로소 이해할 수 있었다. 하지만 나는 단숨에 본론으로 들어갔다. 얼른 해치워 버리고 싶었다.

내 말이 끝나자 명태의 쌍안경이 무릎 위에 툭 떨어졌다.

"그게 뭔 소리야?"

"나도 뭔 소린지. 암튼 조도가 그랬어."

봉지를 입에 대고 감자칩을 탈탈 털어 먹은 뒤에 육점이가 말했다.

"몰랐냐?"

"넌 알고 있었냐?"

명태와 나는 동시에 외쳤다.

"그럼 모르냐? 넌 크림빵 좋아하고 명태 넌 야채빵, 조도는 치킨버거 좋아하는 것까지 나는 알고 있다고."

사실 내가 좋아하는 건 크림빵이 아니라 소시지빵이고 크림빵은 육점이의 것을 얻어먹을 때만 좋았지만, 지금 중요한 건 그게 아니었다. 그리고 이건 무슨 빵을 좋아하느냐 하는 것과는 차원이 다른 문제였다. 명태와 나는 기름기 묻은 손을 쪽쪽 빨고 바지에 문질러 닦는 육점이를 멍하니 바라보기만 했다.

"우리가 알고 지낸 게 너는 초등학교 3학년 때부터니까 하나, 둘, 서이, 너이…… 6년째고, 명태 너랑 조도는 4학년 때부터니까 하나, 둘, 서이, 너이…… 5년째인데 그걸 모를까 봐? 우리는 해마다 수영장도 같이 다녔다고."

"수영장 다니면서 눈치챈 거야? 어떻게?"

"사실은 어젯밤에 조도가 찾아와서 말했어."

육점이가 순순히 실토했다.

"내가 나대지 않아서 믿고 말한다더라. 그래서 내가 미친놈이라고 해 줬지."

"미친놈이라고 했어? 조도한테?"

조도에게는 미친놈보다는 다른 적절한 단어가 있는 것 같고 심지어 우리는 서로를 장난으로 그렇게 부르곤 했지만 이제 조도에게는 절대 그렇게 부를 수 없으리라는 생각에 나는 가슴이 답답해졌다. 변태라는 단어는 이 순간부터 우리에게 금지어다.

"그래. 그런 생각을 하다니 미친놈이지. 내가 만약 나대는 성격이라고 해도 말이야, 떠벌리고 다닐 것 같아? 친구의 비밀은 지켜 줘야지."

사실 우리는 떠벌릴 친구도 없었다.

"조도가 만약 그, 그거라면 말이야. 어떡해야 하냐?"

나는 명태와 육점이를 향해 물었다. 명태는 못 들은 척하며 하늘만 올려다보았고, 육점이는 빈 과자 봉지를 착착 접어 주머니에 넣으며 대답했다.

"뭘 어떡해. 조도가 너한테 사귀자고 하디?"

"야! 무슨 그런 말을……. 친구 사이에 어떻게 사귀냐."

"그런데 뭘. 너한테 사귀자고 했으면 생각해 볼 문제지만 그런 것도 아닌데 네가 뭘 생각하고 말고 해. 야, 우리 치킨이나 시켜 먹자. 얼마 있냐?"

나는 급하게 나오느라 빈손이었고 육점이는 오다가 감자칩이랑 콜라, 하드를 사 먹느라 이천삼백 원밖에 안 남았다고 했고 명태는 오천 원을 내놓았다. 우리는 명태의 지갑 속에 적어도 오천 원 이상은 더 들어 있을 걸 알았지만 그 점을 지적하지는 않았다. 어쨌든 제일 많은 돈을 내놓았으니까. 육점이는 치킨은 못 사 먹겠다고 투덜거리면서 편의점에 갔다 온다며 놀이터를 빠져나갔다.

명태는 멍하니 밤하늘만 바라보고 있었다. 우주와 별에 대한 관심을 오늘만큼은 백분의 일만이라도 조도에게 돌리면 좋겠지만 나는 그 점을 지적하지는 않았다.

"야, 뭐 보냐?"

"난 지금 우주에서 오는 메시지를 받아들이고 있는 중이야."

"아."

나는 잠시 기다렸다가 물었다.

"뭐라는데?"

"젠장! 왜 나한테만 비밀로 한 거야!"

"우주인이 그래?"

"아니, 조도 말이야! 왜 나한테만 말 안 한 건데?"

그 이유가 짐작됐지만 명태에게 차마 솔직하게 말할 수 없었다.

"내일 말하려고 했겠지."

"왜 내가 제일 마지막이야?"

"그게…… 니네 집이 조도네 집에서 제일 멀기 때문이 아닐까."

위로가 될까 싶었지만 사실 위로할 필요가 있나 싶기도 했다. 명태는 지구의 일에는 전혀 관심도 없는데 조도가 게이든 뭐든 무슨 상관일까. 조도가 갑자기 외계인이 됐다면 몰라도.

"너 태양계에 행성이 몇 개 있는 줄 아냐?"

명태는 뜬금없는 질문을 해 놓고 여느 때처럼 내 대답을 기다리지도 않고 대답해 버렸다.

"여덟 개야. 하지만 2005년까지는 아홉 개였다. 수금지화목토천해명. 그런데 갑자기 명왕성이 태양계에서 퇴출된 거다."

"왜? 없어졌냐?"

"아니, 명왕성은 변함없이 태양 주위를 돌고 있지. 2006년 국제천문연맹의 결정에 따라 퇴출된 거야. 국제천문연맹이 행성의 정의를 새롭게 내렸는데, 첫 번째랑 두 번째 정의에는 부합하지만 자신의 공전 궤도 면에서 가장 지배적이고 강력한 존재여야 한다는 세 번째 정의를 충족하지 못해 탈락한 거야. 한마디로 힘없는 찌질이라고 버려진 거지. 명왕성은 이제 더 이상 태양계의 행성이 아니라 134340이라는 번호로 불리는 왜소 행성으로 분류된다."

"아아."

명태가 일단 우주와 별에 관한 이야기를 시작하면 끝낼 때까지 들어 주는 수밖에 없다. 나는 평소처럼 고개를 주억거리며 딴생각, 지금 상황에서는 어쩔 수 없이 조도 생각을 해 보려 했지만 뭘 생각해 봐야 하는지는 알 수 없었다.

"그런데 말이야…… 명왕성 쪽에서는 황당하지 않을까? 어느 날 갑자기 그런 취급을 당하고 보면 말이야. 명왕성이었는데 난데없이 134340번이라고 불리게 된 거야."

"어어? 그, 그럴 수도 있겠네. 명왕성 처지에서는."

명왕성의 기분 같은 걸 걱정할 때냐 싶었지만 나는 아무 이의도 제기하지 않았다.

"난 말이야…… 지금 명왕성이 된 기분이야."

오늘 밤 내 앞에 앉은 놈들은 왜 죄다 다른 것이 된 기분이 든다는 걸까.

"그게 뭔 소리야?"

"너희들이 나랑 친하게 지내는 이유는 우리 집이 늘 비어 있고 우리 집 냉장고를 맘대로 뒤질 수 있기 때문이지."

기가 막혔다.

"야, 그걸 말이라고 해?"

"우리 집 냉장고와 텔레비전 없는 나는 너희들에게 행성의 세 번째 정의를 충족하지 못한 명왕성 같은 존재지. 내가 없어져도 너희들은 그대로일 거야. 내가 없어졌다는 것도 깨닫지 못하겠지. 우리 집 냉장고가 없어지면 바로 알아챌 테지만. 필요가 없어지면 언제든 버릴 수 있다는 거지. 명왕성은 변함없이 돌고 있는데. 지구인이란 그렇게 잔인한 존재들이야. 너도 지구인이겠지, 아마."

"으응, 아무래도 그렇겠지……. 야! 그게 무슨 소리야. 너야말로 저기 위에 있는 것에만 관심 있잖아."

내가 손가락으로 밤하늘을 가리켰지만 명태는 쳐다보지도 않고 중얼거렸다.

"그래, 맞아. 나는 아무한테도 관심 없어."

명태는 벌떡 일어나더니 그대로 놀이터를 떠났다.

내 눈 앞에서 하루살이 떼가 명왕성처럼 빙빙 돌고 있었다. 쫓기도 귀찮아 팔짱을 낀 채 뒤죽박죽인 심정으로 앉아 있었다.

"야, 명태는 어디 갔냐?"

한참 만에 돌아온 육점이가 비닐봉지를 흔들며 물었다. 집에 간 것 같다고, 나는 대답했다.

"갔어? 돈만 내고 의리 없이 혼자 갔냐, 자식. 고맙게."

육점이가 부스럭대며 소시지 하나를 내게 내밀었다. 육점이는 소시지를 씹으며 봉투 안에서 꺼낸 것을 벤치 위에 쭉 늘어놓았다. 과자 세 개와 크림빵 두 개, 야채빵 하나, 콜라, 만두가 나와 육점이 사이에 태양계 행성처럼 놓였다.

"명왕성이 태양계 행성에서 퇴출당했대."

"뭐?"

"명태가 그러더라. 힘없어서 쫓겨났다고."

나는 명왕성이 새로 부여받은 번호는 생각이 안 나서 그 부분은 빼고 명태가 나한테 한 이야기를 간략하게 육점이에게 전달했다.

"냉장고는 아니지."

육점이가 입 안 가득 만두를 넣고 우물거리며 말했다.

"그렇지?"

"호랑이 연고 때문이었지."

"응?"

"5학년 때 명태가 자기네 집에 호랑이 연고 있다고 바르러 가자고 했잖아. 그거 진짜 냄새 고약했지. 그날 처음 명태네 집에 다 같이 갔어."

육점이 말을 듣고 보니 그랬던 것 같다. 긴소매 티셔츠가 무척 덥게 느껴지던 날이었다. 우리는 그날 꾱장히 많이 맞았다. 그전에도 많이 맞았지만 그날은 특히 더 많이 맞았다.

명태가 거실 서랍장에서 호랑이 연고와 반창고를 찾아 줬지만 우리는 라면이나 끓여 먹자고 했다. 입술이 터져서 입을 크게 벌리기 힘든데도 라면을 여섯 개인가 일곱 갠가 끓여 먹었다. 라면을 다 먹고 나자 명태는 놈들이 달라는 대로 돈을 주겠다고 했고 조도는 씨발, 그러면 더 좆같이 본다고 소리쳤고 육점이는 놈들에게 줄 돈 있으면 치킨이나 사 먹자고 했고 나는 아마도 양념 치킨이 좋다고 했던 것 같다. 우리는 그날부터 늘 학교 끝나면 명태네 집으로 갔다. 맞은 날도 가고 맞지 않은 날도 갔다.

놈들은 우리 넷이 돈 대신 몸으로 때우겠다고 하자 때우긴 뭘 때우냐며 성질을 내면서 발길질을 퍼부었다. 죽을 때까지 맞겠구나 싶었는데 어느 순간 우리는 매질에서 벗어났다. 놈들이 새로운 먹잇감을 발견했기 때문이었다. 그 애는 친구가 없는지 돈도 빼앗기고 엄청 두들겨 맞았다. 그 애한테 미안했지만 그 애와 함께 맞아 줄 수는 없었다. 그때나 지금이나 우리는 우리 몸 하나 건사하는 것조차 힘들다.

그보다 나는 다시 한 번 놀랐다. 이번에는 육점이 때문이었다. 각자의 빵 취향까지 파악하는 섬세함은 그렇다 치고 호랑이 연고의 냄새마저 떠올리는 비상한 기억력에 놀랐다. 가장 놀라운 건 친구의 커밍아웃이라는 엄청난 사건 앞에서도 한 치의 흔들림 없는 식욕이었다. 육점이는 만두를 먹고 콜라를 마시고 트림을 하고 또 만두를 집어 먹는 사이사이 빵과 과자도 셤 없이 먹었다.

나는 육점이가 반 갈라 준 크림빵을 씹었지만 아무 맛도 느낄 수 없었다.

"조도는 정말 그, 그거일까?"

"글쎄. 하지만 만약 조도가 정말 게이라면 잘나가는 게이가 됐으면 좋겠다."

과자 봉지를 기울여 입 안에 탈탈 털어 넣으며 육점이가 말했다.

"우리는 정말 명태를 이용한 걸까?"

"넌 그래?"

"아니지."

"나도 아니야. 조도도 아닐걸."

"그럼 어째?"

"뭘 어째? 하드나 먹으러 가자. 천 원 남았어."

나는 뭐가 되어야 한다면 돌멩이나 이슬 같은 게 되고 싶었다. 그래도 별로 나쁘지 않을 것 같았다. 내 주위에는 공기나 잡초, 심지어 흙먼지 같은 것을 목표로 하는 녀석들이 있었기 때문이다. 우리는 뭔가를 가졌기 때문이 아니라 부족했기 때문에 좋았다. 그래서 같이 있는 게 좋았다. 나는 지금, 뭐가 뭔지 모를 이 순간, 하드나 먹으러 가자고 하는 놈이 옆에 있는 게 좋았다. 지진과 태풍이 함께 몰려든 것 같은 지금, 나를 지탱해 주는 0.1톤의 중력을 문득 깨달았다.

"뭘 봐? 잘생긴 사람 첨 보냐?"

쓰레기를 쓸어 담은 비닐봉지를 든 육점이가 나를 내려다보며 씩 웃었다. 가만히 올려다보니 육점이는 어째 키가 부쩍 커 보였다. 육점이 말대로 처음 보는 얼굴인 것 같기도 했다.

비로소 나는 처음 본 건지도 모른다.

주위는 어둑했다. 우리는 걷고 있었다. 휘황한 도시를 뒤로 하고 그림자 네 개가 우리를 따라왔다. 걸은 지 오래되었지만 어디로 가고 있는지는 몰랐다. 벗어나야겠다는 생각에 걸었을 뿐 목적지는 없었다. 물 흐르는 소리도 바람에 나뭇잎 흔들리는 소리도 개 짖는 소리도 들리지 않았다. 아무 소리도 없었다. 아무것도 존재하지 않았다.

완벽한 어둠은 아니었다.

머리 위로 무수하게 많은 별이 흘렀다. 후드득. 몇 개의 별은 우리 주위로 떨어졌다. 우리는 별에 맞지 않으려고 하늘을 올려다보며 걸었다. 하지만 피할 새도 없이 불길에 휩싸인 별 하나가 우리를 향해 날아왔다. 어어어, 하고 우왕좌왕하는 동안 별은 속도가 뚝 떨어지더니 사뿐히 착륙했다. 푸슉, 하며 불꽃과 연기가 사그라졌다. 운석은 그다지 크지 않았다. 육점이 몸집 정도의 크기였다. 전체적으로 아이보리색이고 위아래로 길쭉한 타원형이었다. 떨어진 자리에는 야트막한 둥근 구덩이가 파였다. 땅을 파고 낳은 달걀 같았다. 한참 지켜봤지만 별다른 일은 일어나지 않았다. 위험해 보이지도 않았다. 그래서 살며시 손을 뻗어 보았다. 표면에 손을 대 보니 따스하고 매끈매끈했다. 노크하듯 두드려 보니 소리는 나지 않았지만 기분 좋은 울림이 느껴졌다. 어느 모로 보나 달걀이었다.

이거 깨지지 않을까.

그렇게 생각한 순간 운석의 중앙 부분에 금이 가기 시작했다. 거미줄처럼 금이 삽시간에 퍼져 나갔다. 얇은 얼음처럼 우수수 아이보리색 조각들이 부서져 내리고 갑자기 눈부신 빛이 뿜어져 나왔다. 우리는 한 손으로 눈을 가리며 한 발짝 물러났다. 빛이 눈에 익자 운석 안에 뭐가 있다는 것을 알았다. 우리는 허리를 굽혀 들여다보았다.

움찔거렸다. 안에서 뭐가 움찔움찔했다. 우리는 숨죽여 지켜봤다. 창백한 몸에 생기가 돌고 굽힌 허리와 팔다리가 조금씩 조금씩 펴졌다. 그것은……. 아아, 그것은 지나였다. 봄날 고양이처럼 기지개를 켜고 일어난 지나가 우리를 보고 생긋 웃었다. 아아, 우리는 정신을 잃을 정도로 기뻤다. 지나, 지나, 우리의 지나.

지나는 한동안 우리를 바라보더니 도톰한 입술을 열고 말했다. 그래서 이제 어쩔 건가요?

그 순간 갑자기 흙먼지가 일었다. 멀리서 빠르게 다가오는 회오리가 보였다. 모든 것을 삼켜 버릴 만큼 위력적이었다. 회오리바람은 그대로 우리를 낚아챘다. 너무 거세고 강했다. 반항할 수도 달아날 수도 없었다. 마치 블랙홀 같았다. 우리는 빙글빙글 사정없이 돌았다. 돌고, 돌고, 또 돌았다. 귀에서 윙윙 소리가 나고 바람이 계속 따귀를 때렸다. 우리는 서로 스쳤다 삽시간에 멀어지며 빙빙 돌았다. 서로의 손을 잡으려고 해도 거센 바람에 속절없이 날리기만 했다.

나는 소리쳐 불렀다.

조도야!

조도는 지브라, 지브라 외치며 어둠 저편 무지갯빛 별로 날아가 버렸다.

육점아!

육점이는 크림빵을 먹으며 회오리바람을 타고 아하하 웃으며 솟아오르고 있었다.

명태야!

나는 잠에서 깨어났다. 멀리 태양 주위를 궤도를 따라 홀로 고독하게 돌고 있는 명태를 본 것이 꿈의 마지막 기억이었다.

나는 수면 부족에 시달리는 머리로 학교에 갔다. 날씨는 쾌청했지만 머릿속은 암담했다. 일주일 정학 끝에 들어가는 교실 문이 지옥 입구 같았다. 내가 교실로 들어가자 나직하게 낄낄대는 웃음소리가 들렸다. 기습적으로 내민 누군가의 다리를 가까스로 피한 것도 잠시, 또 다른 다리에 걸려서 나는 바닥에 뒹굴었다. 왁자한 웃음소리가 터졌다. 일어나서 내 자리로 가니 책상이 낙서로 가득 뒤덮여 있었다. 요상한 포즈의 여자 그림. 더럽게 못 그렸지만 여자라는 건 확실히 알아볼 수 있었다. 그리고 지저분한 욕설들. 변태라는 단어가 제일 많이 쓰여 있었다. 나는 화장지에 침을 묻혀 닦았지만 번지기만 할 뿐 지워지지 않았다.

맨 앞자리에 벌써 와 앉아 있는 명태는 종이 뭉치나 지우개 조각 세례를 받는 중이었다. 명태는 펴 놓은 책에 필사적으로 집중하고 있었다. 네 시 방향을 살짝 돌아보자 저만치 육점이가 묵묵히 앉아 있었다. 육점이의 책상 역시 어떤 꼴일지 안 봐도 뻔했다. 여덟 시 방향으로 고개를 돌리자 창가 옆자리의 조도가 멍하니 창밖을 바라보고 있었다.

쉬는 시간에 화장실에 갔더니 모여 있던 몇몇 애들이 나를 보고 히죽거렸다. 한 아이가 내가 서 있는 변기 옆으로 다가와 넘겨다보며 킥킥댔다. 황급히 지퍼를 올리고 손을 씻는데 뒤쪽에서 이런 소리가 들렸다. 야, 네 여친 잘 있냐? 거울을 힐끔 봤다. 한 아이가 양손을 둥글게 말아 자기 가슴에 갖다 댔다. 그러고는 외쳤다. 이만하냐? 나는 낄낄거리는 소리를 뒤로하고 뛰쳐나왔다.

교실로 급히 들어가다가 마주 오던 여자애와 부딪칠 뻔했다. 나는 잽싸게 비켜섰다. 하지만 날카로운 비명이 울렸다. 한밤중에 치한을 만났을 때 터져 나올 법한 비명이 교실 안에 울려 퍼졌다. 변태 새끼라는 말이 여기저기서 튀어나왔다. 나도 모르게 얼른 조도를 돌아봤다. 조도가 굳은 얼굴로 창밖을 향해 고개를 돌렸다.

변태라는 말이 우리에게는 금지어가 됐다는 걸, 반 아이들은 모른다.

우리가 한데 모인 건 점심시간, 급식실에서였다. 명태는 없었다. 우리는 두리번거리다가 저만치 1학년 아이들 속에 앉아 있는 명태를 발견했다. 명태는 왜 저기 앉아 있느냐고 조도가 귓속말로 내게 물었고 나는 어깨만 으쓱해 보였다. 명태는 당분간 명왕성 기분을 만끽하고 싶은 것 같았다. 밥을 쓸어 넣다시피 하고 우리 세 사람은 급식실을 빠져나왔다. 너희 징그럽다고 친절하게 말을 걸어 주던 여자애가 할 말이 있다는 듯 의기양양하게 우리 쪽으로 다가오는 모습이 보였기 때문이다.

조도와 나는 교무실 앞 화단에 벽을 등지고 나란히 앉았다. 일주일 동안 우리가 뽑아서 던져 놓은 잡초가 여기저기 말라 널브러져 있었다. 잔디는 푹신하고 교무실 앞이라서 가까이 오는 애들이 없어 좋았다. 이상하게도 조도와 둘이 앉아 있는 게 어색했다. 조도가 게이라서 어색한 건 결코 아니었다. 다만 어떻게 해야 할지 모를 뿐이었다. 누구나 대개 그렇듯 나 또한 처음 겪는 일에는 서툴렀다. 내게는 게이 친구가 처음이었다.

저만치 육점이가 음료수와 빵을 한 아름 안고 다른 한 팔로 명태의 목을 그러안고 오는 게 보였다. 육점이가 그렇게 반갑기는 처음이었다.

"명태는 왜 저기 앉아 있냐?"

뚝 떨어져 있는 사철나무를 가리키며 조도가 물었다. 육점이는 입이 미어지게 빵을 먹는 중이라 하는 수 없이 내가 대답했다.

"사실…… 어제…… 네 얘기 했다."

조도가 빈 음료수 캔을 우그러뜨리며 나를 노려보더니 지브라, 하고 중얼거렸다. 그리고 고개를 돌려 빽 소리 질렀다.

"야, 내가 더럽냐? 더러워서 피하는 거냐?"

명태는 고개를 외로 꼬고 못 들은 척했다.

"아니야, 아니야."

나는 황급히 어젯밤 조도가 간 다음 명태가 내게 한 말을, 몇 번 왜성인지는 기억이 안 나 그 부분은 빼고 얘기해 줬다.

"명왕성?"

"어, 명왕성."

"지브라, 그게 뭔 개소리야?"

"나도 잘 모르겠는데, 아무튼 명태는 명왕성이 된 기분이래."

"에이, 지브라……. 그나저나 너 말이야, 나대지 않는다더니."

"미안."

"괜찮아. 어차피 명태한테는 오늘 말하려고 했어, 지브라."

"나도 그럴 거라고 생각했어. 어, 안녕하세요?"

우리 세 사람은 벌떡 일어나서 90도로 허리를 꺾었다. 양치질을 하며 창밖으로 고개를 내민 선생님은 3학년 담임인가 그랬는데, 하얀 거품을 문 채 아무 말도 하지 않았지만 우리가 거기 있는 게 탐탁지 않은 눈치였다. 우리는 공손히 인사를 하고 사철나무 옆으로 자리를 옮겨 앉았다.

우리를 보고 일어나려는 명태를 육점이가 눌러 앉혔다.

"야, 명왕성, 너는 태양 주위라도 돌고 있지만 지금 조도는 저 혼자 돌고 있는 거 안 보이냐."

명태는 못 이기는 척 주저앉았다.

우리 네 사람은 나란히 앉아 운동장만 멀거니 바라보았다. 우리는 늘 그렇게 앉아 있었다. 명태는 하늘을 올려다보고 조도는 지브라, 햇살이 지브라 뜨겁다며 욕을 하고 육점이는 콜라를 마시고 나는 콜라를 조금 얻어먹으며 거의 아무 말도 나누지 않았지만 그래도 좋았다. 그런데 오늘은 아니었다. 왜 우리는 이렇게 된 걸까.

뜨거운 태양 아래서 곰곰이 생각해 보다가 나는 깜짝 놀랐다. 내 생각이 맞는지 다시 검토해 봤지만 또 같은 결론에 도달했다.

이 모든 게 지나 때문이었다.

지나를 만난 뒤로 모든 것이 변했다. 조도는 게이가 되고, 명태는 명왕성이 되고, 육점이는 갑자기 잘생긴 사람이 되고, 나는……. 아무튼 확실한 건, 우리는 모두 변했다. 흙먼지와 돌멩이와 잡초를 꿈꾸던 우리는…… 변태가 되었다.

이제 우린 어쩌지?

"꼭 그렇게 비관적인 상황은 아니야. 통계에 의하면 게이의 수는 꽤 많고, 커밍아웃하지 않은 수까지 따지면 추정 불가능할 정도래. 그러니까 언젠가는 게이를 소수자 취급 하는 날도 끝날 거라는 거지. 한 만 년 뒤면 충분하지 싶은데. 요즘 동성 결혼을 인정하는 나라도 점점 늘어나고 있어. 네덜란드, 벨기에, 스페인, 포르투갈, 프랑스, 노르웨이, 스웨덴, 덴마크, 아이슬란드, 아, 남아프리카공화국과 뉴질랜드도. 남미에도 몇 나라 있다. 아르헨티나, 브라질, 우루과이. 캐나다에서도 오래전부터 합법화했고 얼마 전에는 드디어 미국도 동성 결혼을 인정했지."

드디어 입을 연 명태는 청산유수였다. 인정머리 없게 만 년이 뭔가. 한 천 년 정도로 해 주지. 하지만 아무도 그 점을 지적하지 않았다. 명태도 나처럼 밤새 인터넷에서 게이라는 단어를 수없이 검색한 모양이고, 아마 육점이도 마찬가지였을 것이다.

"미국에서 결혼해라, 조도. 우리도 미국 한번 가 보자."

손가락에 묻은 크림을 빨며 육점이가 말했다. 나는 감자튀김과 햄버거, 치킨, 피자 등등을 차려 놓고 결혼하는 조도의 모습을 상상해 봤는데 지브라, 그건 굉장히 근사했다.

"아, 뭐래. 이거나 먹어."

조도가 코딱지를 파서 육점이에게 튕겼다. 육점이는 물개 소리를 내며 입을 벌리고 받아먹는 시늉을 했다. 둘이서 백만 스물세 번쯤은 한 장난이라 하나도 재미가 없지만 우리는 이번에도 어김없이 낄낄거렸다.

"지브라, 그런데 담임은 왜 안 돌려주는 거냐?"

우리는 설마, 하며 조도의 작은 머리를 향해 눈을 모았다. 설마, 그걸 말하는 건 아니겠지.

육점이가 확인 사살 하듯 조용히 물었다.

"뭘 말이야?"

"지나 말이야. 지브라, 벌받을 거 다 받았는데 왜 안 돌려줘? 엄연히 우리 거잖아. 물건도 아니고 소중하잖아. 돌려 달라고 하자."

"참아."

"왜?"

"알면서 뭘 물어?"

"저번에 게임기는 돌려줬잖아, 지브라."

"잡지는 못 돌려받았어."

"잡지랑 다르잖아."

"알아. 하지만 다른 사람들은 모르잖아."

육점이 말에 조도가 잠잠해졌다. 한참 뒤에 조도가 입을 열었다.

"두 번째 차례가 나였으니까, 지브라, 지나를 데리고 가야겠어."

조도의 얼굴은 진지했다. 궤도를 이탈해 마구 폭주할 기세였다.

"아, 야, 뭐하러. 너한텐 필요도 없잖……."

나는 얼른 입을 다물었다. 당황해서 조도를 힐끔 봤지만 조도는 신경 쓰지 않았다.

"벌써 처분했을 거야."

육점이가 설득하고 나섰다.

"아니, 지브라, 그렇지 않아."

조도 말이 맞았다. 우리 모두 잘 알고 있었다. 우리의 지나는 바람 빠진 풍선 꼴로 힘없이 상자에 담겨 책상 밑에서 담임의 발 고린내를 견디고 있었다. 가끔 담임은 바지를 걷고 털이 부숭부숭한 다리를 득득 긁기도 했다. 우리의 지나가 있다는 것은 까맣게 잊은 채 담임은 이따금 슬리퍼 끝으로 상자를 툭툭 차기까지 했다. 우리의 소중한 지나가 수모를 겪고 있는 것을 우리는 줄곧 잊지 않고 있었다. 또한 조도와 육점이, 그리고 나는 바로 조금 전 교무실 창문 너머로 담임의 책상을 들여다보며 지나, 우리의 지나가 아직도 거기에 있다는 것을 확인했던 것이다.

"지나를 되찾아야겠어."

조도는 이미 결심한 얼굴이었다.

다음 날 조도는 학교에 나오지 않았다. 결석계를 미리 제출했는지 조회 시간에 담임은 빈자리에 대해 아무 말도 하지 않았다. 어쩌면 조도가 결석했다는 걸 눈치 못 챘는지도 모른다. 우리는 부리나케 조도에게 문자를 보냈지만 답을 받기 전에 반장이 휴대폰을 걷어 가 버렸다.

점심시간에 우리는 교무실 앞 화단에 앉았다.

"조도, 그 자식 혼자 미국으로 튀었나 보다."

육점이가 중얼거리는 걸 시작으로 이왕이면 하와이로 갔으면 좋겠다, 하와이 가 보고 싶은데, 갑자기 웬 하와이, 아, 하와이가 미국이냐, 하는 시시한 소리가 이어졌지만 우리 셋은 아무도 웃지 않았다. 입술이 바짝바짝 말랐다. 육점이는 1.5리터 콜라를 단숨에 들이켰고 명태는 빈혈이 오는 것 같다고 물도 없이 철분제를 삼켰고 나는 입술만 잘근잘근 씹었다.

우리가 잘못한 걸까.

어제 종례가 끝난 뒤 명태는 담임을 붙잡고 수학 문제를 물었다. 담임은 전에 없던 일이라 어리둥절한 표정으로 아무튼 설명을 해 줬지만 명태는 어지간히도 못 알아듣는 얼굴로 시간을 질질 끌었다. 나는 여차하면 교무실로 뛰어가려고 교실 문 앞을 지키고 있었다. 육점이가 교무실에서 미국 유학에 관해 상담하고 싶다면서 영어 선생님을 당황시키는 사이에 그 옆에서 조도는 육점이의 우람한 몸을 방패 삼아 긴 팔로 담임 책상 밑에서 지나를 구출해 긴 다리로 유유히 교무실을 빠져나왔다. 우리는 지나를 구출한 것이다.

조금 전 창문 너머로 사건 현장을 들여다보며 우리는 회심의 미소를 지었다. 담임은 박스가 사라진 건 눈치조차 채지 못한 채 바지를 걷고서 털이 부숭부숭한 다리를 긁고 있었다. 완전 범죄였다. 지나가 사라진 걸 아는 건 우리뿐이었다.

그런데 조도는 어디에 있는 걸까. 지나, 우리의 지나와 함께 조도는 사라졌다.

사라지기 전 조도는 이렇게 말했다.

웃음거리가 되느니 웃기는 게 낫지.

그 말이 마음에 걸렸다.

마지막 시간은 담임 수업이었다. 담임이 칠판에 문제를 적어 내려갔다. 담임은 말하곤 했다. 수학은 오직 한 가지 답만 가지므로 모든 학문 중 가장 명쾌하고 정직하다고. 그러나 우리는 늘 그 단 한 가지 답을 몰랐다. 답이 열 개 정도 되면 어떻게 하나라도 맞혀 보려는 시도를 했을지도 모른다. 스무 개, 백 개 정도면 더 좋다. 하지만 답을 하나만 구하라고 한다. 나는 내 번호가 불리지 않기를 빌며 여덟 시 방향으로 고개를 슬쩍 돌렸다.

창가 조도의 자리는 여전히 비어 있었다. 나는 조도의 자리 너머 창문 밖을 잠시 바라봤다. 우리 교실은 4층에 있는데 오늘

따라 창밖으로 보이는 하늘이 유독 파랬다. 필기를 끝낸 담임이 9번, 19번, 29번, 39번 나와서 왼쪽 문제부터 차례로 풀라고 했다. 아이들이 하나둘 칠판 앞으로 나갔다.

"19번 누구야? 빨리 뛰어 나와."

교실 안이 웅성거렸고 담임이 출석부를 펼쳤다. 그리고 내 이름을 불렀다.

나는 의자를 뒤로 밀고 일어났다. 그리고 천천히 걸어 나갔다. 담임이 내 이름을 또 불렀다. 나는 계속 걸었다. 아이들이 웅성거리기 시작했다. 나는 멈춰 섰다. 칠판이 아닌 창문 앞이었다. 소란이 일순 멈췄다. 내 등 뒤로 침묵만이 흘렀다. 나는 창문을 열어젖혔다.

창밖에 지나가 있었다.

지나, 우리의 지나였다. 고양이처럼 귀여운 입술에 살짝 미소를 지으며 지나, 우리의 지나가 지상에서 둥실 떠오르고 있었다. 내가 손을 창밖으로 내밀자 지나가 나를 향해 하얗고 가냘픈 팔을 내밀었다. 부드럽고 따스한 손이 내 손끝에 스쳤다. 그 순간 살랑, 하고 바람이 불어왔다. 지나가 바람에 실려 저만치 날아갔다. 창밖으로 지나, 우리의 아름다운 지나가 저 멀리 둥근 궤도를 그리며 태양 주위를 돌고 있는 명왕성처럼 조용히 유영했다.

등 뒤에서 날카로운 비명 소리가 났다. 뒤이어 고함과 괴성이 터져 나왔다. 왁자한 웃음소리도 뒤섞였다. 휘파람 소리도 요란하게 울려 퍼졌다.

　세상은 너무 시끄럽군요.

　지나가 말했다.

　미안.

　지나가 괜찮다는 듯이 한쪽 눈을 찡긋하며 내게 윙크를 보냈다.

　그래도 조금 재밌었어요.

　그러고는 봄날 언덕 위의 사슴 같고, 강아지 같고, 고양이 같은 미소를 지으며 말했다.

　이제 떠날 시간이에요. 안녕.

　말을 마치자마자 지나는 바람을 타고 날아올랐다.

　지나는 점점 멀어져 갔다. 나는 아래를 내려다보았다.

　있었다. 지나와 연결되어 있던 실을 막 끊어 버린 조도가 저 아래 지상에서 멀거니 하늘을 올려다보고 있었다. 나와 눈이 마주치자 조도는 씩 웃더니 거수경례를 날렸다. 그리고 몸을 돌려 뛰기 시작했다. 창밖을 향해 담임이 조도의 이름을 고함쳐 불렀지만 조도는 긴 다리로 경중경중 뛰었다. 지브라처럼.

　나는 단숨에 교실을 뛰쳐나와 운동장을 향해 달렸다. 내 뒤를 쫓아 뛰어오는 소리가 들렸다. 누군지 돌아볼 필요도 없었다. 운동장을 돌고 있던 조도가 우리를 보더니 하늘을 향해 펀치를 날리며 뛰어올랐다.

　어우, 저 변태 새끼.

이상하게 자꾸 웃음이 비어져 나왔다. 참을 수 없을 정도로 웃음이 마구 터져 나왔다.

"야, 이 지브라, 변태 새끼!"

우리는 목이 터지도록 소리 지르며 조도를 향해 신나게 달려 사정없이 몸을 부딪쳤다. 서로의 몸이 튕겨 나가며 땅바닥에 굴렀다. 자욱한 흙먼지 속에서 온몸이 흙투성이가 된 채로 우리는 정신없이 웃었다.

"지브라, 저기 간다."

조도가 가리키는 곳, 저 멀리 푸른 하늘에 우리의 지나가 날아가고 있었다.

우리는 벌떡 일어나 전속력으로 운동장을 가로질러 교문을 향해 뛰었다. 뒤에서 담임의 고함 소리가 들려왔지만 무시하고 달렸다. 지금은 멈추고 싶지 않았다. 조금 더 달리고 싶었다. 막, 우리는 이별을 했으므로.

굿바이, 지나.

아이슬란드

"내일도…… 와 줄 거지?"

대답은 들려오지 않았다.

가냘픈 그림자의 흔적은 어디에도 없었다.

란디를 다시 보지 못할 것을 나는 알았다.

은빛 얼음으로 덮인 그곳에서

오로라를 올려다보는 모습을 상상하며

나는 마침내 어둠 속에서 가만히 불러 보았다.

란디, 오, 란디의 이름을 _____ .

여름 교복으로 갈아입던 날, 그 애는 긴소매 옷을 입고 전학 왔다. 아침부터 푹푹 쪘지만 교단 위에 서 있는 전학생은 어쩐지 추워 보였다. 오, 라고 입을 동그랗게 오므린 뒤 잠시 뜸을 들였다가 이름을 말했다. 목소리가 너무 작아서 내 자리에선 들리지 않았다. 앞자리의 누군가 큰 소리로 외쳤다. 오란씨? 웃음소리가 왁자하게 터졌다.

운다, 운다. 아이들의 기대와 달리 전학생은 우는 대신 침착하게, 이번에는 좀 더 큰 목소리로 또박또박 이름을 말했다. 오, 란디입니다. 일순 조용해졌다. 그 애의 눈동자는 유난히 까맸고 피부는 그보다 조금 옅은 색이었다. 갸름한 얼굴에 순한 인상이 어떤 동물을 연상케 했다. 염소였던가, 그게.

전학생은 담임이 가리키는 빈자리에 가 앉았다. 내 자리에서 한 줄 건너 앞이었다. 올려 묶은 머리 아래로 드러난 전학생의 목에는 땀에 젖은 머리칼 몇 가닥이 달라붙어 있고 목덜미에 서늘한 그늘이 드리워 있었다. 담임은 내일까지는 모두 하복으로 통일하라고 말하다가 뒷자리를 잠시 바라보더니 늦어도 다음 주까지는 하복을 준비하라고 했다. 여느 때와 마찬가지로 잘하자, 라는 담임의 말로 조회는 끝났다.

담임이 나가고 나자 주위 아이들 몇이 전학생에게 말을 건넸다. 조금은 수줍은 듯, 조용하고 차분하게 대답하는 전학생의 목소리가 들려왔다. 잘 보이려 하는 구석도 없고 잘난 체하는 기색도 없는 말투와 태도였다. 몇몇 남자애들이 킥킥대며 오란씨라고 부르면 조금 난처하다는 듯이 웃을 뿐이었다. 이름은 좀 별나지만 호감을 주는 아이, 전학생에 대한 정보는 고작 그것뿐이었지만 그 정도로 충분했다. 더 알아야 할 것이 있다면 차차 알게 될 것이었다.

하지만 그날 오후 담임은 반장을 불러 전학생에 관해 몇 가지 정보를 일러 주며 신경 좀 써 주라고 각별히 당부했다. 지시 사항은 책임감 강한 반장의 입을 통해 삽시간에 아이들 사이로 조용히 퍼져 나갔다.

전학생의 짙은 피부색과 유독 서글서글한 눈매는 듣자마자 잊어버린 시골 어딘가의 강렬한 햇살과 바람이 만들어 낸 게 아니라 일 년 내내 여름만 있는 섬나라에서 태어난 엄마에게 물려받은 것이라고 했다. 이국의 유전자를 희미하게 남긴 엄마는 전학생이 어릴 때 돌아가셨고 아빠 또한 얼마 전에 돌아가셔서 친척 집에 맡겨지며 전학하게 됐다는, 그런 이야기였다.

전학생을 불쌍한 아이로 만드는 게 담임의 목적이었다면 별로 성공적이지 못했다. 아이들은 각자의 일로 바빴고 날씨는 더웠다. 게다가 얼마 뒤면 중간고사였다. 전학생의 부모가 섬나라 왕과 왕비나 되면 몰라도 없는 부모까지 신경 쓸 겨를이 없었다.

"뭘 해야 하는지…… 가르쳐 줘."

전학생이 내게 처음으로 건넨 말이었다. 전학 온 지 일주일쯤 지났을 때였다. 내가 전학생과 마주 본 건 그때가 처음이었다. 나는 늘 전학생의 올려 묶은 머리와 반듯하게 편 등만 봐 왔었다. 전학생과 내가 주번을 맡을 차례였다. 칠판을 지우고 체육 시간이나 음악 시간에 문단속을 하는 정도다. 시골 학교에서도 주번은 비슷한 일을 했을 텐데 굳이 물어 왔다.

"내가 알아서 할게. 별로 할 일도 없어."

이것저것 가르쳐 주기가 귀찮았다. 가르쳐 주지 않았는데도 전학생은 쉬는 시간마다 나와서 칠판을 함께 닦았다. 중간고사가 코앞이라 체육이나 음악 시간은 실기 대신 자습이었다. 내 말대로 별로 할 게 없었지만 전학생은 열심히 했다. 나는 더 열심히 했다. 그 애보다 먼저 뛰어나가 열심히 칠판을 닦았다. 가끔은 부러 능청을 피우기도 했다. 높이 올려 묶은 머리가 어깨 근처에서 찰랑대는 걸 보는 게 좋았기 때문이다.

전학생은 다락방 소공녀 같은 구석이 있었다. 내 기억이 맞다면 세라라는 이름의 그 아이는 교실에서 쫓겨나 늘 굶다시피하는 주제에도 같이 일하는 다른 하녀에게 빵을 나눠 주었다. 현실이 괴로워서인지 늘 상상 속에서 살았고 이야기를 지어 들려주곤 했다. 너무 오래전에 읽은 동화책이라 확실치는 않다. 그 애가 끝까지 잃지 않으려고 한 게 있었던 것 같은데, 그게 품위였는지 희망이었는지 어슴푸레하다. 전학생의 꼿꼿한 등은 좀처럼 굴복하려 하지 않는 작은 공주처럼 보였다. 그 애에게도 필사적으로 지켜야 할 것이 있는지, 나는 물론 알 수 없었다.

일주일은 금방 지나갔다. 건물 뒤 분리수거장에서 교실 쓰레기통을 비우는 게 마지막 주번 활동이었다. 혼자 할 수 있는 일이었지만 전학생은 나를 따라나섰다. 건물 뒤로 진하고 또렷한 그림자가 드리워 있었다. 그림자와 경계를 이루는 부분은 유난히 햇살이 환했다. 나는 경계 부분을 따라 똑바로 걷다가 뒤를 돌아봤다. 전학생은 멈춰 서서 무슨 일이냐는 표정을 지었다. 전학생의 발도 나처럼 선명한 경계 부분을 밟고 있었다. 나는 전학생에게 아이스크림이나 먹자고 말했다. 전학생은 잠시 생각하더니 포도 맛 아이스크림을 좋아한다고 했다. 그런 건 매점에 없다고 했더니 그럼 딸기 맛으로 하겠다고 했다. 고개를 숙이고 나는 조금 웃었다.

그 뒤로 전학생과 더 이상 말을 나눈 적은 없었다. 이따금 눈이 마주치면 그 아이는 살짝 웃었고 그럴 때면 나는 슬쩍 고개를 숙였다. 포도 맛 아이스크림이라는 말이 떠올라 나도 모르게 입꼬리가 올라갔기 때문이다.

며칠 뒤 중간고사가 시작됐고, 여느 때처럼 신속하게 우리에게 숫자가 매겨지고 등급이 나뉘었다.

"전학 온 애가 일등 했다며?"

엄마가 책을 읽다가 갑자기 생각난 듯이 물었다.

"어어."

"영어를 아주 잘한다며?"

"그런가 봐."

나는 리모컨으로 볼륨을 올리며 대답했다. 엄마는 축구 중계 중인 텔레비전 화면을 잠시 바라보더니 소리 좀 줄이라고 했다. 다시 책으로 눈을 돌리며 엄마는 무심한 목소리로 말했다.

"난 말이야, 우리나라에서 노벨 문학상 수상자가 나온다면 다문화 가족 출신 작가일 거라고 생각해. 결핍을 겪어 봐야 문장이 단단해지거든. 영어 과외 받을래?"

"봐서."

"그래, 그럼. 너 알아서 잘하겠지."

엄마는 일어나 기지개를 켜더니 주방으로 갔다. 소파 위에 엄마가 읽던 책이 표지가 보이게 펼쳐져 있었다. 표지에 노벨 문학상 수상 작품이라는 문구가 큼직하게 박혀 있었다. 그 밑에 작가 사진도 조그맣게 실려 있었다. 결핍을 아는 얼굴이란 어떤 것인지 궁금해서 나는 찬찬히 들여다보았다.

"소문난 영어 선생인데 한번 만나 볼래?"

나는 아무 대답도 안 했지만 조만간 만나게 될 것을 알았다.

"알아서 잘할 테지만."

알아서 잘할 수 없으리라는 소리로 들렸다. 중간고사 이전까지 나는 줄곧 일등이었다.

교무실로 반장을 비롯해 서너 명의 아이들과 함께 불려 갔다. 공부 좀 한다는 애들이었다. 그중 한 명은 중학교 때부터 줄곧 나와 함께 수학 과외를 받고 있는 애였다. 담임은 마뜩잖은 얼굴로 내신에 신경 좀 쓰라고 당부했다. 어느 것 하나 중요하지 않은 시험은 없다고, 지금이 제일 중요한 때라고, 말하지 않아도 다 아는 걸 언제나처럼 자상하게 일러 주었다. 잘하자, 라고 끝맺는가 싶었는데 여느 때와 달리 담임은 한마디 덧붙였다. 반성들 좀 해.

교무실을 나서는 아이들 얼굴이 개운치 않았다. 담임의 목적이 반성이 아니라 증오심을 불러일으키는 거라면 성공적이었다. 자신을 반성하기보다는 다른 사람을 미워하는 게 조금은 쉬운 법이었다. 우리에겐 희생양이 하나 필요했고 이왕이면 약하고 짓밟기 쉬운 존재인 편이 좋았다.

증오심은 삽시간에 반 아이들 사이로 조용히 퍼졌다. 모두 각자의 일로 바빴지만 증오심만은 하나로 뭉쳐졌다. 유독 무더운 날씨도 한몫했다. 20년 만의 이상 기온이라는 더위는 옆에 있는 사람을 이유도 없이 증오하게 만들었다.

전학생의 첫 모습이 떠올랐다. 혼자만 긴소매 교복을 입고도 추워 보였던 애처로운 모습. 하지만 모든 것은 달라졌다. 호감을 샀던 차분하고 겸손한 태도는 건방지고 가증스러운 것으로, 딱한 사정은 구질구질하고 혐오스러운 것으로 여겨질 뿐이었다. 한번 생기면 점점 넓게 자리 잡는 얼룩이기라도 하듯, 모두 전학생을 꺼려했다.

그런데도 전학생은 여전히 다락방 소공녀처럼 꼿꼿했다. 품위니 희망이니 하는 것을 분명 지킬 수 있다고 믿는 것 같았다. 그러지 말았어야 했다. 그래서 전학생은 더욱 미움받았다. 하지만 그러지 않았어도 달라질 것은 없었다. 원래 사람은 불쌍한 것은 짓밟고, 지키고자 하는 것은 잔인하게 빼앗는 법이었다.

운다, 운다. 아이들의 기대와 달리 전학생은 울지 않았다. 그 애는 모르는 것 같았다. 아이들은 울 때까지 괴롭힐 것이다. 그 애는 아는 것 같았다. 울면 또 울리기 위해 괴롭힐 거라는 걸. 언제부터 그 애는 알고 있었을까.

나는 시력이 약해졌다는 핑계로 맨 앞으로 자리를 옮겼다. 그 자리에 앉았던 애는 좋아라 하며 내 자리로 갔다. 고개를 들면 칠판만 눈에 들어왔다. 높게 올려 묶은 머리도, 가냘픈 목덜미도, 곧은 등도 더는 보이지 않았다. 가끔 마주치던 유독 까만 눈동자도, 설핏 떠오르던 미소도 내 눈앞에서 사라졌다. 보고 싶지 않았다. 그 애의 까만 눈동자를 보면 그 애를 괴롭힌다는 건 이 세상이 쓰레기고 우리는 그 쓰레기 더미에서 뒹구는 쥐 새끼라는 생각이 들어 견딜 수 없었다.

나는 할 수 있는 한 철저히 전학생을 외면했다. 하지만 간혹 나는 못 견디게 뒤돌아보고 싶었다. 뒤돌아 한 번만 포도, 하고 동그랗게 오므린 입술을 보고 싶었다. 그럴 때면 수학 참고서를 펼치고 문제를 풀었다. 곧 기말고사였고 날은 유난히도 더웠다.

우리 학교 근처에는 내리막길이 있었다. 당연히 그 반대편은 오르막길이었다. 비탈길을 힘겹게 올라온 차들이 마치 복수라도 하듯 내리막길로 질주했는데 그 질주의 끄트머리에 횡단보도가 있었다. 자동차들은 미처 속력을 늦추지 못하고 횡단보도 앞에서 끽 소리를 내며 급정거하곤 했다. 어른들은 아이들에게 주의하라고 했지만 그 말은 운전사에게 하는 편이 나았다. 운전사들은 내리막길을 달릴 때 아이들처럼 부주의하고 때로는 그런 부주의함을 즐기는 듯 보였다.

어느 오후 질주하던 트럭이 횡단보도에서 멈추지 못하고 내달렸다. 그때 내가 횡단보도를 건너고 있었다. 아무 일도 없다는 듯 트럭은 그대로 달렸고 나중에 운전사는 경찰에게 아무것도 못 봤다고 말했다.

사고 후 이틀 만에 나는 마취에서 깨어났다. 무슨 일이 있었는지도 모른 채 이미 한 차례 수술을 받은 뒤였다. 오른쪽 팔에 가벼운 골절상을 입었을 뿐이었다. 하지만 오른쪽 다리뼈는 완전히 박살 나 있었다. 엉덩이뼈도 탈골했다. 앞으로 몇 차례 더 수술을 받아야 할지 알 수 없었다. 하지만 앞으로 내가 정상인처럼 걸을 수 없으리라는 것은 확실했다.

"이만한 것만으로도 감사하자."

엄마는 퉁퉁 부은 얼굴로 말했다.

내가 잠시 잠들어 있는 동안 감사라는 단어의 뜻이 바뀐 모양이었다. 생일 선물과 크리스마스 선물, 할머니가 주신 용돈, 혹은 예상치 못했던 선물, 그런 것들이 원래 감사한 것이다. 재능과 행운, 승리와 성취, 그런 것들이 감사한 것이다. 사고와 재앙, 불운에 감사라는 말은 어울리지 않는다. 하지만 엄마도 감사라는 단어를 말하기까지 눈이 붓도록 울었을 것이다.

엄마는 내 손을 잡고 또 눈물을 흘리기 시작했다. 돌아눕고 싶었지만 불가능했다. 온몸을 결박당한 듯, 꼼짝할 수 없었다. 엄마에게 잡힌 손을 빼내고 눈을 감는 게 고작이었다. 그것만으로도 감사할 일이었다. 머리가 가려우면 멀쩡한 한 손으로 긁을 수 있는 것, 밥을 떠먹여 주면 씹어 삼킬 수 있는 것, 야간 자율 학습을 하지 않아도 되는 것, 학원에 다니지 않아도 되는 것, 영영 학교에 다니지 않을 수도 있다는 것, 평생 누워만 있을 수도 있다는 것, 감사해야 할 일이 한두 가지가 아니었다.

입원하고 얼마 뒤 담임과 반장이 주스를 사 들고 찾아왔다. 주스를 마시며 눈 둘 곳을 찾지 못하고 어색하게 앉아 있다가 간호사가 와서 주사 맞을 시간이라고 하자 다행이라는 얼굴로 돌아갔다. 며칠 뒤에는 같이 과외하던 아이들 서너 명이 그 애들 엄마가 들려 준 케이크와 과일 바구니를 들고 찾아왔다. 나는 애들이 얼른 돌아갔으면 했다. 속이 불편했다.

"나쁘게만 생각하지 마. 시험 안 봐도 지난 성적의 80프로는 쳐준대."

"그래, 우리 엄마가 그러는데 너 군대 안 가도 될 거라더라."

아이들의 눈이 일제히 내 오른쪽 다리로 향했다.

"그럼 너도 트럭 밑에 다리를 넣어."

아이들이 굳은 얼굴로 병실을 나가자마자 내 아랫도리가 뜨끈해졌다. 누워서 똥오줌을 싸는 처지도 나쁘지는 않았다. 내가 그 사실을 안다는 것만 빼고 말이다.

간병인은 무표정한 얼굴로 기저귀를 갈았다. 나도 아무렇지 않은 얼굴로 꼼짝 않고 누워 있었지만 병실 공기를 단숨에 오염시키는 오물 냄새와 내 아랫도리를 닦아 내는 손을 똑똑히 느낄 수 있었다. 그럴 때면 나는 다른 생각을 하려 했다. 기저귀나 소변 주머니, 깁스, 수술, 마취약 같은 것이 아니라 성적표, 학원, 아이돌, 히어로물 영화, 신형 휴대폰, 여름 방학, 보충 수업, 수영장. 기저귀를 찬 환자가 아니라 열여덟 살의 남학생이 생각할 만한 것을 떠올려 보려 노력했다.

그러나 소용없었다. 싸지 않기 위해 거의 먹지도 마시지도 않았지만 배설은 계속됐다. 그것만이 내가 할 수 있는 유일한 일이란 듯이. 첫 수술 후 마취에서 깨어났을 때 내 머릿속에 처음 떠오른 것이 기말고사 걱정이었다는 게 지금 생각해도 우스웠다. 기말고사는커녕 똥오줌도 가리지 못할 처지였는데 말이다.

입원한 지 한 달쯤 지나자 휠체어를 타고 화장실에 갈 수 있게 되었다. 대단한 발전이었지만 간단한 일은 아니었다. 화장실을 한번 다녀오고 나면 진이 다 빠졌다. 그래도 화장실에 갈 수 있게 되자 이런저런 일을 생각하게 됐다. 기말고사와 내신, 수행 평가와 수능, 입시 등등, 고민해 봐야 아무짝에도 쓸모없는 것들이 나를 괴롭혔다. 가장 괴로운 건 내가 일말의 희망을 품게 되었다는 것이었다. 하지만 변기에 앉혀지기도 전에 바지를 적시기 일쑤였다.

아무것도 생각하고 싶지 않았다. 아무것도 하고 싶지 않았고, 실제로 아무것도 할 수 없었다. 대신 그동안 멀어지려고 사력을 다했던 잠이 복수라도 하듯 내 몸을 차지했다. 투명한 호박색 링거액과 약이 몸속에 돌면 모든 것이 노란 물에 빠진 것처럼 괴이하게 이지러지고 흐릿해지다가 두런거리는 소리가 싱크대 물 빠지는 소리처럼 싸악 하고 사라졌다. 그러자마자 잠이 강타했다. 나는 저항 한 번 하지 못하고 그대로 나가떨어졌다. 꿈속에서도 내가 속한 세상에서 아주 멀어졌음을, 나는 느꼈다.

하루 종일 누워 있는 게 내 일과의 전부였다. 내 곁은 간병인 아줌마가 지켰고 부모님은 퇴근하고 밤에 잠시 들렀다. 주말에는 부모님이 번갈아 가며 하루 종일 침대 옆을 지켰는데, 나는 그러지 말라고 부탁했다. 부모님과 같이 있는 건 피곤한 일이었고, 병실에 함께 있는 건 더욱 피곤한 일이었다. 나는 이 상황이 낯설었고 그건 부모님도 마찬가지였다. 슬픔과 절망, 위로와 연민, 낙담과 포기, 이 모든 것들에 우리는 아직 익숙해지지 않았다.

구조될 기미 없는 무인도에 살아남은 조난자처럼, 나는 하루하루 희망이라는 말을 지우고 있었다. 그 섬에는 갈매기도, 해변을 기어 다니는 거북이도 없다. 진통제와 잠, 그 두 가지가 유일한 친구였다. 고통도 어김없이 따라왔다. 제일 친해진 친구는 침묵이었다.

그런데 그 아이가 왔다. 전학생, 오, 란디. 그 애는 전에도 여러 번 찾아왔다. 높이 올려 묶은 머리를 찰랑대며 그 애는 찾아왔다. 모두 꿈이었다. 꿈속에서마저 나는 교실을 벗어나지 못했고, 그러므로 그 애가 내 앞에 앉아 있다고 해서 조금도 이상한 일은 아니었다. 나는 전학생을 잠시 바라보다 눈을 정면으로 돌렸다. 하얀 천장이 보였다. 내게 가장 낯익은 풍경이라 꿈속에 나온다고 해도 역시 이상할 것 없었다. 약 기운이 핏속에 돌면서 천장이 어른거렸다.

눈을 살짝 옆으로 돌렸다. 여전히 꿈이었다. 전학생이 침대 옆에 앉아 있었다. 평소의 꿈과 다른 것은 그 애가 나를 향해 앉아 책을 읽고 있다는 것이었다. 나는 다시 천장을 바라보았다. 이 꿈은 얼마나 지속될지 궁금했다. 꿈인 걸 확인하려고 흠, 하고 소리를 내 봤다.

"깬 거니?"

꿈속인데도 명확하게 들려왔다. 천장 대신 까무잡잡한 얼굴이 눈앞으로 다가왔다.

"간호사님이 한 번 왔다 갔고 간병인 아줌마는 드라마만 보고 온다며 나갔어."

"……."

"이거…… 먹어. 씻어 뒀어."

"……."

전학생은 일어나 잠시 나를 내려다보더니 인사도 없이 떠났다. 꿈인데 예의 바르게 인사까지 하는 건 물론 우스운 일이다. 그래도 나는 꿈을 끝까지 좇았다. 병실을 빠져나가는 그 아이의 등 뒤에서 하나로 올려 묶은 머리가 찰랑댔다. 병실 문 사이로 갸름한 얼굴이 잠시 보이더니 문이 가만히 닫혔다. 그렇게 꿈이 끝났다.

전학생이 앉았던 동그란 의자만 텅 빈 채 남아 있었다. 벽에 붙여 놓은 탁자에 접시가 있고 접시 위에는 푸른 포도가 두 송이 담겨 있었다. 손을 뻗어 보니 투명한 물방울이 손가락 끝에 묻어났다. 한 알을 따서 입에 넣자 새콤한 맛이 입 안에 퍼져 갔고 나는 완전히 잠에서 깨어났다. 그리고 깨달았다. 그 애가 정말 다녀갔다는 걸.

전학생은 다음 날에도 왔다. 블라인드 사이로 비쳐 든 햇살이 맞은편 벽을 타고 천장에 걸리기 시작할 때였다. 졸고 있던 간병인 아줌마는 전학생을 보자 반색하며 드라마 재방송을 놓치지 않기 위해 나갔다. 나는 병실 안에 있는 텔레비전을 향해 고개를 돌렸다. 권투 중계방송이었다. 2인용 병실을 함께 쓰는 아저씨는 늘 권투나 격투기 중계만 틀어 놨다. 흥분한 해설자의 목소리와 관중의 환호 소리가 요란한 가운데 전학생은 차분히 책을 들여다봤다. 링거병에서 투명한 호박색 액체가 한 방울 한 방울 느릿느릿 떨어졌다. 햇살 자욱이 천장으로 기어 올라가자 전학생은 책을 덮고 일어났다.

전학생은 다음 날도, 그다음 날도 왔다. 비슷한 시간에 와서 내 옆에 앉아 책을 읽다 링거액이 한 시간 정도 떨어지고 나면 병실을 떠났다. 매일매일 똑같았다. 그것이 나를 미치게 했다. 철저히 외면하는데도 그 아이는 자기 존재를 조용하지만 끈질기게 주장하는 것 같았다. 전학생과 함께 있는 게 견딜 수 없었다. 더욱 견딜 수 없는 건 전학생이 떠난 뒤에도 온통 그 애 생각만 하고 있다는 것이었다.

전학생이 찾아오기 시작한 지 일주일째 되는 날이었다. 화장실에서 머리를 감고 나오니 전학생이 와 있었다. 평소 오던 시각보다 좀 이른 때였다. 간병인 아줌마는 나를 침대 위에 옮겨 놓자마자 드라마 시작할 시간이라며 부리나케 병실을 나갔다.

"감기 들어."

전학생의 눈이 내 머리를 가리켰다. 나는 얼른 머리에 두르고 있던 수건을 풀어 젖혔다. 물방울이 환자복 위로 뚝뚝 떨어졌다.

"머리…… 말려 줄까?"

"됐어. 피아노는 못 치지만 머리쯤은 말릴 수 있어."

말은 그렇게 했지만 주삿바늘을 끼운 팔로 머리를 말리기는 쉽지 않았다. 깁스한 오른팔은 머리 말리는 데는 무용지물이었다. 에어컨 바람은 미지근하고 병실은 불쾌한 냄새로 가득 차 있고 텔레비전 소리는 요란하고 나는 물에 빠진 쥐새끼 꼴이었다. 모든 것이 짜증 나서 견딜 수 없었다.

"그래, 이제 똑똑히 봤지? 나는 혼자서 머리도 못 감는 병신이야. 이제 알았지?"

내 목소리가 하얀 병실 벽에 부딪쳐 울렸다.

"네가 보고 싶은 게 이거였지? 어떻게 벌받고 있는지 보고 싶었지? 이제 확인했으니까……."

"벌받을 짓을 했니?"

전학생이 조용히 물었다.

"나가. 꺼져! 다시는 오지 마!"

나는 수건을 바닥에 던지며 소리 질렀다.

전학생의 큰 눈이 나를 똑바로 바라봤다. 그런 눈은 견딜 수 없다. 동그랗고 유독 까만 눈동자. 그러잖아도 나는 이미 충분히 비참하고 불행한데. 왜, 도대체 왜 그런 눈으로 바라보는 건지.

링 위에 던져진 기권 표시처럼 바닥에 널브러진 젖은 수건이 부옇게 보이기 시작했다. 머리카락에 매달려 있는 물방울이 얼굴로 흘러내렸다.

"뭘 잘못해서 아픈 게 아니잖아."

전학생은 서랍에서 마른 수건을 찾아냈다.

"머리…… 이쪽으로 숙여 봐."

나는 못 들은 척 고개를 홱 돌렸다. 그러자 보송보송한 수건이 내 뒷머리를 조심스레 토닥였다. 바람이 조용히 어루만지듯, 부드럽고 상쾌했다. 나른한 졸음이 고양이 걸음처럼 찾아왔다. 전학생의 부모님 둘 다 돌아가셨다는 게 문득 기억났다.

며칠 뒤 오른팔의 깁스를 풀었다. 털을 뽑은 닭처럼 창백하게 부어오른 팔은 마치 내 것이 아닌 듯 낯설어 보였다. 의사 선생님은 무리하지 않는 정도로 움직여 주는 게 좋다고 말했다. 그 말은 휠체어를 내 두 손으로 움직일 수 있다는 뜻이었다.

나는 병실 앞 복도를 돌아다니며 휠체어 미는 연습을 했다. 휠체어는 내 마음처럼 움직여 주지 않았다. 잠시 돌아다니는 것만으로도 녹초가 되었다. 하지만 나는 안간힘을 썼다. 그것마저 포기하면 다른 일들은 더 쉽게 포기할 것만 같았기 때문이다.

웬만큼 휠체어에 익숙해지자 나는 이발소를 찾아갔다. 간병인 아줌마가 일러 준 대로 이발소는 지하 2층 복도 맨 끝, 눈에 잘 띄지 않는 곳에 있었다. 이발용 의자가 달랑 한 개 놓인 작은 곳이었다. 머리를 감고 있는 손님 뒤에도 한 명 더 기다리고 있었는데, 이발사는 금방 끝나니까 기다리라고 했다. 기다리던 손님은 머리는 깎지 않고 샴푸만 하고 돌아갔다.

나는 휠체어에 탄 채로 거울을 마주하고 앉았다. 조금만 다듬어 달라고 했더니 방향은 이쪽이 괜찮겠냐고 이발사가 물었다. 무슨 말인지 몰라서 머뭇거리자 이발사가 거울을 보고 앉아도 좋냐고 물었다. 나는 여전히 이해하지 못한 채로 고개를 끄덕였다.

"간혹 거울에 비치는 걸 싫어하는 손님이 있거든. 학생은 잘생겼으니까 물을 필요도 없지만 혹시나 해서 확인해 본 거야."

사악삭, 하는 가위질 소리가 귓가에 울리며 두 달하고 일주일 치의 머리카락이 잘려 나갔다. 이발이 끝난 뒤 이발사가 마음에 드냐고 물었다. 거울 속의 내 모습은 어색하게만 보였다. 이발한 탓만은 아니었다.

이발소에서 나와 엘리베이터를 탔다. 엘리베이터를 함께 탄 사람들이 내 휠체어를 밀며 내리는 바람에 얼떨결에 일층에 내리게 되었다. 병실이 모여 있는 층과 달리 일층은 소란스럽고 밝았다. 끊임없는 안내 방송 소리와 분주하게 오가는 사람들. 병원이라는 걸 잠시 잊을 만큼 활기가 돌아서 어리둥절해졌다.

나는 병원 입구 쪽으로 휠체어를 밀었다. 자동으로 열리는 문을 통해 밖으로 나갔다. 에어컨 냉기가 일시에 가시고 폭염과 태양 빛이 사정없이 달려들었다. 잎이 무성한 나무에서 매미 소리가 겹겹으로 울려 퍼지고 지면에서 열기가 아지랑이처럼 피어올랐다. 길보다 높은 곳에 위치한 병원에서 이어진 경사진 길을 따라 오르내리는 자동차와 사람들이 보였다.

그리고 저기, 비탈길을 올라오는 전학생이 보였다. 나는 단추를 여미고 이마 위의 머리를 쓸어 올렸다. 전학생이 나를 발견하고 깜짝 놀라는 표정을 짓더니 가만히 웃었다. 나는 다시 한 번 손으로 앞섶을 눌렀다. 심장이 뛰는 게 느껴졌다.

그 후로도 전학생은 늘 포도를 사 들고 찾아왔다. 포도를 씻어 놓고 여느 때처럼 전학생은 책을 읽기 시작했다. 물기가 맺혀 있는 푸르고 싱싱한 포도송이는 창백한 병실 안에서 유독 도드라져 보였다.

"무슨 책이야?"

전학생이 눈을 들어 나를 바라봤다.

"늘 뭘 읽어?"

전학생이 책을 들어 표지를 보여 줬다. 아이슬란드어 회화. 간결한 제목만이 짙은 푸른색 표지에 무뚝뚝하게 적혀 있었다.

"고단 다인."

고, 라고 할 때 전학생의 입술이 동그랗게 됐다.

"안녕이라고 인사한 거야."

전학생은 또 몇 마디 말을 더 했다. 무슨 말인지 전혀 알아들을 수 없지만 전학생의 입에서 나오는 소리는 휘파람, 혹은 한 겨울에 귓가를 스치는 바람 소리 같기도 했고 아직 우는 법을 완전히 배우지 못한 어린 새가 지저귀는 소리처럼도 들렸다.

"뭐라고 한 거야?"

"오늘 밤에는 오로라가 뜰까요, 라고 했어."

"오로라."

"응, 아이슬란드는 오로라와 얼음의 나라니까."

아이슬란드어는 남성, 여성, 중성의 세 가지 성과 네 가지 격이 있고 1부터 4까지의 숫자마저도 성과 격에 따라 변하는데, 1에는 무려 열두 가지 형태가 있다고 전학생은 조용조용 설명해 줬다. 마치 어릴 때 엄마가 침대 머리맡에서 동화책을 읽어주던 소리 같았다. 더 듣고 싶어 눈을 비비며 잠을 쫓지만 어느새 잠들어 버리고, 이해할 수 없지만 신비로운 꿈을 꾸게 되는 이야기.

"포도는?"

나는 어룽어룽 다가오는 잠을 쫓으며 물었다.

"포도는 아이슬란드어로 뭐라고 해?"

"아직 안 나왔는데."

전학생은 콧등을 찌푸린 채 포도, 포도, 중얼거리며 열심히 책을 뒤적였다.

"아이슬란드에는 포도란 말이 없는 거 아냐? 포도가 자라기엔 너무 춥잖아."

전학생은 책을 덮고 접시에 담긴 포도를 가만히 바라봤다. 그러면 마치 포도라는 아이슬란드어 단어가 떠오를 것처럼. 나는 어쩐지 잘못이라도 저지른 기분으로 말했다.

"포도를…… 좋아해?"

전학생이 고개를 내게 돌리고 입을 열었다.

"매일매일 포도를 샀어. 아빠가 다른 건 못 먹어도 포도는 먹었거든. 한 송이를 먹는 데 하루가 걸리고 조금 지나서는 한 송이 먹는 데 이틀, 그다음은 사흘, 마지막에는 한 알도 넘기지 못했지만…… 포도 한 송이를 다 먹게 되면 낫는 거다, 그렇게 생각하고 병원에 갈 때마다 사 갔어. 왜 우리 아빠에게만, 왜 나에게만, 그런 생각은 하지 않으려고 하면서 제일 싱싱하고 예쁜 포도송이를 골랐어. 내가 할 수 있는 일은 그게 다였고, 그래서 나는 있는 힘을 다해 포도를 샀어."

나는 물끄러미 푸른 포도송이를 바라봤다. 상처나 짓무른 데 하나 없이 한 알 한 알 탱글탱글하고 탐스러웠다.

"좋아해, 나도."

"응?"

"포도, 좋아한다고. 나도."

전학생은 입 가장자리로만 작게 미소를 지어 보였다.

나는 고개를 돌려 창밖을 내다봤다. 블라인드를 젖혀 놓은 창밖으로 초록 나뭇잎이 무성했다. 전학생의 아빠는 푸른 포도송이를 곁에 두고 잠드셨겠구나.

유난히 길었던 올여름도 얼마 남지 않았다. 언제쯤 병원을 나갈 수 있을지 잠시 생각했다. 퇴원하고 난 다음의 일은 잘 그려지지 않았다. 포도 알맹이처럼 투명한 링거액이 호스를 따라 방울져 떨어졌다.

전학생이 돌아가겠다고 말했다. 아직 못 한 이야기가 있었지만 나는 고개를 끄덕여 보였다. 나중에 이야기하는 게 나을 것 같았다. 내일 올 테니까. 내일도, 그다음 날도, 란디는 올 테니까. 그래서 잘 가라는 말 대신 나는 말했다. 내일 봐.

"돌연변이인가?"

엄마가 초밥을 집어 들며 중얼거렸다. 엄마는 평소보다 일찍 퇴근해 초밥을 사 들고 왔다. 밥을 삼키며 엄마의 눈길을 따라 고개를 돌렸다. 텔레비전을 보고 한 말인 모양이었다.

권투를 즐겨 보던 아저씨가 퇴원한 뒤 맞은편 침대를 쓰게 된 할아버지는 늘 다큐멘터리만 틀어 놓았다. 언제나 볼륨을 최대치로 높여 놔서 나는 주로 이어폰을 꽂고 있었다. 그래도 텔레비전 소리는 귀를 파고들었다. 덕분에 제법 흥미로운 것들도 알게 되었다. 사라지거나 사라져 가고 있는 동물, 대륙과 섬, 발견했거나 새로 발견한 우주와 별 등등. 대부분 이해하지 못한 채 멀거니 바라보게 되는 것들이었다.

방송되고 있는 다큐멘터리는 52Hz라는 이름을 가진 고래에 관한 것이었다. 52Hz라는 이름이 붙은 이유는 오직 그 고래만이 52Hz 주파수로 소리를 내기 때문이었다. 고래들은 모두 12~25Hz로 의사소통을 한다고 했다. 그러나 다큐멘터리 내내 52Hz는 한 번도 나오지 않았다. 12~25Hz의 일반적인 소리로 서로 먹이나 적의 위치를 알려 주고 머나먼 거리를 헤엄쳐 만나 짝짓기를 하는 평범한 고래들만 보여 주었다. 52Hz를 본 사람은 아무도 없었다.

"어머, 저 사람도 후원하고 있구나. 돈을 벌었으면 제대로 쓸 줄도 알아야지. 그래 봐야 저 사람한텐 푼돈이겠지만."

엄마가 화면에 나온 사람을 눈으로 가리키며 말했다. 유명한 할리우드 배우였다. 영화배우를 비롯해 여럿이 낸 기금이 모이는 대로 52Hz를 찾는 작업이 시작될 것이고 그것을 다큐멘터리 영화로 제작할 예정이라고 했다. 엄마도 여러 단체를 후원하고 있다. 그중에는 오지에 사는 가난한 아이들을 돕는 단체도 포함되어 있었다.

"그런데 너, 여자 친구 있니?"

엄마가 초밥을 집으며 갑자기 생각났다는 듯이 물었다.

"예쁘다던데? 아줌마가 그러더라. 언제부터 사귄 거야?"

나는 초밥을 천천히 씹어 삼킨 뒤 대답했다.

"그런 거 없는데."

"매일 온다며? 사진 있어? 엄마도 한번 보자."

머리맡에 놔둔 내 휴대폰을 엄마가 집어 들었다.

"잠금 설정했니? 뭐 비밀이라고…….어떤 앤데? 같은 반이야?"

"아무도 아니야. 핸드폰이나 줘."

"얘기하면 줄게."

엄마가 휴대폰이 볼모라도 되듯 꼭 움켜쥐고 의기양양하게 웃었다.

"달라니까."

"얘기하면 준다니까."

52Hz는 누구에게도 모습을 드러내지 않는다. 보이지 않는 곳에서 아무도 응답하지 않는 노래를 홀로 부를 뿐이다. 사람으로 치면, 아무도 알아듣지 못하는 언어를 홀로 쓰는 셈이다.

"어떤 앤데?"

엄마는 또 물었다. 나는 이미 대답을 했는데도 엄마는 자꾸 묻는다. 원하는 대답을 들을 때까지 물을 것이다.

"나중에 노벨 문학상 받을 애야."

"노벨 문학상? 작가 될 거래?"

갑자기 웃음기가 사라지고 엄마의 얼굴이 굳었다.

"일등 한 애 말이야?"

나는 아무 대답도 하지 않았다.

"걔가 왜 오는 건데?"

나는 젓가락을 놓고 텔레비전 쪽으로 고개를 돌렸다.

52Hz를 찾는 영화를 찍게 될 감독의 말이 화면에 자막으로 흐르고 있었다.

어두운 바닷속 그 누구도 없이 홀로 있다고 상상해 보십시오.

다음 날 란디는 오지 않았다. 그다음 날도 오지 않았고 나는
두 번째 수술을 받았다. 그리고 기억나지 않는 시간이 흘렀다.

눈을 뜨자 흐릿하게 누군가가 보였다. 나는 온 힘을 다해 의
식을 불러 모았다.

"정신 드니?"

"……."

"엄마 알아보겠어? 알아보겠니……."

몽롱해지면서 나는 다시 잠에 빠져들었다. 내 이름을 부르는
소리가 들리고 흐느끼는 소리가 들렸지만 나는 좀 더 자고 싶
었다.

여긴 어디인 걸까.

한기를 느끼며 눈을 떴다. 눈을 떴는데도 깨어난 느낌이 들
지 않았다. 정신은 몽롱하고 의식은 방금 꾼 꿈을 좇고 있지만
꿈인지 아닌지도 아리송했다. 사방은 어둑했다. 한참 후에야
병실이라는 걸 알아차렸다. 항상 그랬다. 석 달 넘게 병원에 있
었지만 눈을 뜰 때마다 늘 낯설었다. 언제나 내가 아닌 나를 닮
은 누군가를 보고 있는 기분이었다. 몸을 움직여 보려 했지만
결박당한 듯 꼼짝할 수 없었다.

그 아이도 그랬을까. 누추하고 낮은 다락방에서 깨어나 자기
가 누군지, 어디에 있는지 한참을 생각한 끝에 그래도 잃지 않
고 싶은 것이 있어서 허리를 꼿꼿이 세우고 차갑고 어두운 세
상으로 나오는 걸까.

기묘한 그림자가 눈앞에 어른거렸다. 눈을 돌려보았지만 텔레비전은 꺼져 있었다. 바깥이었다. 빛이 창문 밖에서 스며들고 있었다. 어두운 병실이 희미한 빛으로 출렁이고 있어 마치 깊은 바닷속에 누워 있는 것 같았다.

그때 병실 문 사이로 노란빛이 비쳤다가 이내 사라졌다. 어느 틈에 가녀린 그림자가 내 곁에 와 앉아 있었다. 그림자는 휘파람 같기도 하고 겨울날 바람 소리 같기도 하고 어린 새가 지저귀는 것 같기도 한 소리로 내게 말을 건넸다. 고단 다인.

"오로라를 보러 가 버린 줄 알았지."

"여긴 너무 추워."

"거긴 더 추울 텐데."

"하지만 그곳에선 모두 다 추울 거야. 나 혼자가 아니라."

"오늘은 책 안 읽어?"

"응, 오늘은 안 읽어."

"왜?"

"오늘은 네 얘기를 들을 거야."

"내 얘기?"

"응."

"내 얘기……. 고래 이야기라면 해 줄 수 있어."

"고래?"

"아무도 듣지 못하는데 혼자 노래를 하는 고래가 있대."

"슬픈 이야기야?"

"……아니야, 아직은."

"좀 더 얘기해 봐."

"응. 대신 노래 하나만 불러 줘."

"노래?"

"응."

"좋아."

고요하고 나직한 노래가 시작되었다. 휘파람 같기도 하고 바람 소리 같기도 하고 작은 새의 지저귐 같기도 한 노래는 아득한 바다 밑에서 들려오는 것 같았다. 저 바다 어딘가에 저처럼 고독한 존재가 있을 거라고, 고독한 이라면 반드시 노래를 들을 수 있을 거라고 믿기라도 하듯이. 그렇게 믿으면 소중한 것을 지킬 수 있다고 믿는 것처럼. 외로움이야말로 함께 나눌 수 있는 거라고 믿는 것처럼. 내 기억이 맞다면 다락방에 살던 소녀는 지키고자 했던 것들을 되찾고 마침내 행복해진다. 힘들고 고독한 시간이 흐른 뒤 맞이하는 마침내.

노래가 멈췄다.

"끝까지 부르진 못해."

"무슨 노래야? 아이슬란드 노래?"

"아니, 엄마가 불러 주던 노래."

"엄마? 그럼, 엄마 나라의 노래?"

"응. 엄마는 내가 너무 어릴 때 돌아가셔서 말을 배울 틈이 없었어. 하지만 이 노래는 기억나. 나를 재울 때 엄마가 불러 줬어."

"자장가?"

"그래, 자장가."

"한 번 더 불러 줘."

노래가 조용히 다시 시작되고 점점 주위가 흐릿해졌다. 모든 것이 물에 잠긴 듯 어른어른해지기 시작했다. 어룽어룽 잠에 빠져들며 나는 졸음에 겨워 물었다.

"내일도…… 와 줄 거지?"

대답은 들려오지 않았다. 가냘픈 그림자의 흔적은 어디에도 없었다. 란디를 다시 보지 못할 것을 나는 알았다. 은빛 얼음으로 덮인 그곳에서 오로라를 올려다보는 모습을 상상하며 나는 마침내 어둠 속에서 가만히 불러 보았다. 란디, 오, 란디의 이름을.

하얀 눈 위를 걷는 가냘픈 뒷모습이 나를 향해 돌아본 순간, 나는 다시는 깨어나지 않을 것 같은 깊은 잠에 빠져들었다.

무나의 노래

가라앉고 있다.

어둡고 차가운 물속으로 가라앉고 있다.

손을 잡은 채, 무나와 나는 점점 더 깊이 가라앉았다.

무언가 기억이 날 것 같았다. 언제부터였을까,

우리 둘만 남게 된 것은. 왜 무나와 나, 둘만 남게 되었을까.

희미하게 기억이 몰려들었다.

그때도 무나와 나는 손을 잡고 있었다.

기억이 _____ 날 것 같다.

우리 둘만 남았다. 언제부터였는지 모르겠다. 어느 날 아침 눈을 뜨니 나와 무나뿐이었다.

우리는 사카라는 이름의 물고기 등 위에 산다. 무나와 나는 사카의 길이를 재 본 적이 있다. 두 다리를 완전히 벌려 걸었을 때 내 걸음으로는 열세 걸음, 무나의 걸음으로는 열다섯 걸음 이었다. 폭은 길이의 3분의 1 정도 된다.

하지만 실제 사카의 몸은 그보다 두 배쯤 길고 크다. 우리가 잰 것은 물 밖으로 드러난, 완만하게 곡선을 그린 사카의 등 부분이다. 쟁반만 한 눈이 달린 대가리와 등의 곡선과 대칭을 이루는 배 부분은 푸른 물속에 잠겨 있다. 파도가 두 번 굽이치는 곳 너머 저만치 사카의 꼬리가 깃발처럼 삐쭉 솟아 있다.

사카의 몸은 연한 분홍색 비늘로 덮여 있다. 비늘은 수정 조각처럼 투명하고 단단하다. 햇살이 닿으면 분홍색 비늘이 온통 반짝반짝 빛나 영롱한 빛을 띤다. 그건 마치…….

그게 뭐더라.

뭐 말이야?

여러 가지 색이 나는 건데.

해파리?

아니야, 하늘에 떠 있는 거야.

태양? 별?

아니, 아니. 비 온 다음…….

비 온 다음이라…….

무나와 나는 고개를 젖혀 하늘을 올려다보았다. 강하게 내리쬐는 햇빛에 눈앞이 침침해졌다. 가끔 이럴 때가 있다. 머릿속이 깜깜해지는 순간. 어둠 속에서 저만치 한 줄기 빛이 보일 듯 말 듯, 생각이 날 듯 말 듯하다. 손차양을 한 눈가에 햇살 조각이 어른거렸다. 마치 기억나지 않는 그것처럼.

비이, 혹시 그거 말하는 거 아냐?

뭐?

무지개.

아아, 무지개.

비로소 기억났다. 무지개. 햇살을 받은 사카의 비늘은 영롱한 무지갯빛을 띤다.

사카의 비늘은 활짝 핀 연꽃만 하다. 나는 사카가 돔 종류가 아닐까 하고 생각하지만 무나는 분홍색 돌고래라고 우긴다. 돌고래에게는 비늘 같은 건 없고 물론 분홍색일 리도 없다. 그래서 우리는 특별한 돌고래 위에 살고 있는 거라고 무나는 말했다. 무나만 좋다면 사카가 문어든 거북이든 상관없었다. 그렇지만 사카가 문어나 거북이가 아닌 건 확실했다.

아침에 눈을 뜨면 나는 우선 사카의 비늘을 청소한다. 청소인 동시에 식량 채집이기도 했다. 비늘 사이에 붙어 있는 따개비를 따거나 새우를 잡고 하얗게 말라 있는 소금을 긁어모아 먹는다. 그것으로는 충분하지 않아 그물이나 낚시로 고기를 잡기도 한다.

무나는 내 옆에서 물고기 뼈로 만든 빗으로 긴 머리를 빗으며 노래를 한다. 노래를 불러 사카를 달래는 것이 무나의 일이다. 종종 사카가 이유 없이 요동치면 무나는 바닷속을 향해 나직하고 부드러운 목소리로 노래를 불렀다. 그러면 이내 사카는 잠잠해지고 바다는 고요해졌다. 무나의 노래는 정말이지 너무나 아름다웠다.

어느 오후 무나는 내가 생선 손질하는 것을 옆에서 구경하다 말했다. 우리 호두는 물고기를 무서워했어. 그날 내가 잡은 건 까만 몸에 노란 줄무늬가 있는 물고기였다. 살은 단단했지만 못 먹을 정도는 아니었다. 낚시 미끼로 쓰려고 내장을 조심스레 떼 내어 모으며 나는 무나의 말에 귀를 기울였다.

무나의 아버지는 낚시를 즐겼다. 빈손으로 올 때가 많았으나 어쩌다 붕어나 잉어, 메기를 잡아 오기도 했다. 무나의 엄마는 비린내를 질색하였으므로 생선을 손질하는 것은 무나 아버지의 몫이었다. 마당 구석의 시멘트로 만든 수돗가에 앉아 무나의 아버지는 물고기의 배를 가르고 비늘을 긁어내곤 했다.

수돗가 근처에는 과꽃이니 분꽃이 알록달록하게 피어 있었다. 마당에서 무나가 제일 좋아한 꽃은 샐비어였다. 아버지가 숫돌을 가지러 간 사이에 무나는 샐비어 꽃을 따서 끝을 쪽쪽 빨아 먹으며 수돗가에 쭈그려 앉아 있었다.

그날은 아버지가 엄청나게 큰 잉어를 잡아 왔다. 와아, 고래만 하다. 호들갑을 떨며 무나는 호두와 함께 잉어를 구경했다. 시멘트 바닥에 누워 입을 뻐끔거리는 잉어는 징그럽기도 하고 측은하기도 했다. 아버지가 돌아오기 전까지 물속에 담가 두자, 하고 대야에 물을 받고 있는데 철썩 하는 소리가 났다. 돌아보니 잉어가 엄청난 힘으로 호두의 얼굴을 꼬리로 철썩철썩 때렸다. 그 뒤로 호두는 물고기만 보면 도망 다니느라 바빠졌다는 이야기였다.

그런데 호두가 누구야?

응? 아아, 예전에 키우던 고양이.

고양이를 키웠어?

응. 진짜 웃기지 않아? 생선을 무서워하는 고양이라니.

그러게. 웃기는 녀석이네.

까만 몸에 노란 줄무늬가 있었어.

노란 줄무늬, 까만 고양이란 말이지.

그래. 얼마나 귀여웠는지…….

무나가 말을 뚝 멈추더니 물고기를 물끄러미 내려다봤다. 무나의 고양이처럼 검은 바탕에 노란 줄무늬가 있는 물고기는 이미 빛깔을 잃어 가고 있었다.

예전이라면 언제야?

무나는 대답하지 않았다. 한 달 전인지 일 년 전인지 알 수 없었다. 백 년쯤 됐는지도 모른다. 노란 줄무늬의 검정고양이를 정말 키웠는지 무나는 알 수 없다. 낚시를 좋아하는 아버지도, 과꽃과 분꽃과 샐비어가 피어 있던 마당이 어디에 있는지도 무나는 기억해 낼 수 없다. 물론 나도 모른다.

우리는 시간이 날 때마다 집을 손봤다. 우리의 집은 이따금 사카의 주위로 떠밀려 오는 나뭇조각이나 널빤지를 주워 만들었다. 간혹 나무 상자가 떠내려오기도 했다. 나무 상자를 분해해서 한쪽 벽을 만들고 한참 뒤에 널빤지를 주워 다른 벽을 세우는 식으로 집을 지었다. 나무 상자에서 빼낸 못을 박아 벽을 올렸지만 못이 충분치 않아 해초로 묶어 고정했다. 해초는 금방 썩거나 말라서 부서져 내렸기 때문에 매일매일 손을 봐야 했다. 지붕은 파란색 비닐로 덮었다. 나무 상자와 함께 떠내려온 것이었다. 넓지 않은 비닐이었지만 우리의 작은 집을 덮기에는 충분했다. 무나와 나는 나무 상자와 널빤지와 파란 비닐이 어디에서 오는 것인지 생각해 보곤 했다. 무언가 어렴풋이 떠오를 것 같았지만 그뿐이었다. 우리는 아무것도 기억해 내지 못했다.

나는 종종 바닷속으로 잠수해 들어갔다. 물속에 잠겨 있는 사카의 비늘을 청소하기 위해서였다. 사카는 거의 움직이지 않는 탓에 바위로 착각한 물고기들이 사카의 비늘을 집 삼아 드나들었다. 말미잘과 산호가 뿌리를 내려 사카의 몸을 덮기도 했다. 그대로 두면 사카의 몸은 온갖 기생 생물의 집합소가 될 터였다.

해초로 만든 솔로 비늘 사이를 문지르면 사카가 기분 좋게 몸을 내맡기는 것이 느껴졌다. 사카와 우리는 사이좋게 주고받았다. 청소를 해 주면 먹을 것을 주고 노래를 불러 주면 너른 등을 내주었다. 사카의 비늘 사이에서 소라나 조개를 발견하면 나는 물속에서 한 바퀴, 아니 두 바퀴 빙그르르 굴렀다. 무나에게 가져다주면 소리를 지르며 기뻐하기 때문이었다. 조개와 소라는 쫄깃한 살도 맛있었지만 무나는 먹고 남은 껍데기를 더 좋아했다.

무나는 솜씨가 좋았다. 하루 종일 조개껍데기와 죽은 불가사리를 만지작거려서 머리빗이나 목걸이, 혹은 접시와 컵 같은 것을 만들어 냈다. 하지만 무나가 만드는 것은 대부분 이상하거나 쓸모없는 것들이었다. 바람이 불면 차르륵차르륵 소리가 나는 조개껍데기로 만든 발, 두드리면 둥둥 소리가 나는 생선 부레로 만든 북, 구멍을 뚫어 높낮이가 다른 소리를 내는 소라 피리 등등.

무나는 내게 피리 부는 법을 가르치려 애썼지만 내가 내는 건 괴상한 소리뿐이었다. 내가 피식이라든가 뿌웅 하는 소리를 낼 때마다 무나는 허리를 잡고 웃었다. 나는 얼굴이 빨개지도록 피리를 불었다. 무나의 웃는 얼굴을 보는 게 좋았기 때문이다.

무나는 생선 뼈로 사카의 비늘에 그림을 그리기도 했다. 숲과 나무, 꽃과 새, 열매와 동물, 그런 것들이 무나가 주로 그리는 것이었다. 무나가 사카의 비늘에 그림을 그리면 사카는 간지러운지 몸을 움찔대기도 했다. 그럴 때마다 무나는 부드러운 목소리로 노래를 불러 사카를 달랬다. 사카가 잠잠해지면 무나는 다시 그림을 그렸다.

비이, 이렇게 생긴 게 맞나?

뭐 말이야?

뿔이 여기에 나 있는 거 맞아?

그런 것도 같고.

비이, 하마 본 적 없어?

본 것도 같고 본 적 없는 것도 같았다. 무나가 하마라고 하니 하마인 것 같았지만 코끼리라고 하면 코끼리인 것도 같았다. 가물가물했다. 무나 역시 종종 그림을 그리다 손을 멈추고 잘 기억이 나지 않는다고 중얼거리곤 했다. 사카의 비늘 위에는 그리다 만 코끼리와 사슴, 비행기와 기차 같은 것이 늘어 갔다.

무나가 그리지 않은 부분은 나 역시 잘 기억이 나지 않았다.

무나가 제일 열심히 하는 건 집의 벽을 장식하는 일이었다. 조개껍데기와 말린 불가사리를 벽에 붙였다가 한참 바라본 뒤 떼어 내고 다시 붙이는 일을 무나는 마음에 들 때까지 반복했다. 쓸데없는 짓이라고 생각했지만 무나에게 말하지는 않았다. 조개껍데기로 벽을 장식하는 무나의 얼굴이 정말 즐거워 보였기 때문이다. 그럴 때면 사카가 요동치지 않는데도 무나는 노래를 불렀다. 반짝반짝 빛나는 무나의 뺨을 부드럽게 어루만진 바람이 무나의 노래를 품고 저 멀리 수평선을 향해 달려갔다.

우리는 풍족하지 않았지만 부족함도 몰랐다. 며칠 동안 그물에 고기가 한 마리도 걸리지 않는 때도 있었지만 배부르게 먹는 날도 있었다. 뜨거운 햇볕을 피할 집이 있었지만 우리는 뜨거운 햇살도 좋아했다. 무나와 나는 해 뜨는 광경을 보는 걸 좋아했다. 바닷속에서 떠오르는 붉은 해는 무척 아름다웠다. 수평선 너머로 해가 지며 바다가 온통 황금빛으로 물드는 광경은 더욱 아름다웠다. 무나와 나는 사카의 등 위에 나란히 앉아 해가 뜨고 지는 것을 수도 없이 바라봤다.

금빛으로 물든 무나의 얼굴을 바라보면 무나의 눈은 언제나 수평선 너머에 있었다. 무나야, 하고 부르면 나를 돌아보는 무나의 얼굴이 아득하게 낯설어 보였다. 그래서 나는 또 무나야, 무나야, 하고 불렀다. 그러지 않으면 무나가 눈앞에서 사라질 것만 같아서 나는 몇 번이고 무나의 이름을 불렀다. 무나가 뭐어, 하고 샐쭉 웃어 주면 그제야 마음이 놓였다.

어느 날 밤, 무슨 소리에 잠이 깼다. 귀를 기울이니 바람 소리 같기도 하고 파도 소리 같기도 하지만 잘 들어 보면 전혀 다른, 아련하면서도 단단한 소리가 들려왔다. 듣고 있자니 이상하게 마음이 산란해졌다. 푸른 비닐 지붕으로 스며든 달빛에 집 안은 파르스름한 빛으로 싸여 있고 벽 틈으로 비쳐 든 별빛이 고요히 자리를 움직이자 무나의 작은 마당과 과꽃과 분꽃과 샐비어, 노란 줄무늬 고양이가 그려진 벽이 살아 움직이는 것 같았다.

무나는 보이지 않았다. 밖으로 나가니 달을 향해 앉아 있는 무나가 보였다. 무나는 소라 껍데기로 만든 피리를 불고 있었다. 나는 잠자코 무나 옆에 앉아 피리 소리에 귀를 기울였다. 피리는 위이이, 하고 우는 소리를 냈다. 바다 밑에서 오랜 시간을 거쳐 비로소 당도한 것 같기도 하고 멀리 떠나려는 소리 같기도 했다. 무언가 기억날 것 같았지만 또렷하지는 않았다. 대신 무나가 이런 이야기를 들려주었다.

그날은 하늘이 맑고 사방에서 꽃 냄새가 풍겨 왔다. 무나네 가족은 소풍을 갔다. 무나의 엄마는 한 손에 도시락을, 무나의 아버지는 한 손에 돗자리와 물통을 들고 각자 남은 한 손으로는 무나의 손을 잡았다. 그러니까 무나는 양손에 아버지와 엄마 손을 꼭 잡고 신나서 걸어갔다. 무나의 부모님은 가끔 '하나 둘, 비행기~' 같은 것을 해 주기도 했다. 그럴 때마다 무나의 작은 몸은 공중에 붕 떴다가 내려왔다.

무나의 집에는 자동차가 없었으므로 무나네 가족은 버스를 탔다. 버스에 탄 사람들은 모두 나들이옷을 차려입었고 더러 챙이 넓은 모자를 쓴 사람도 있었다. 대부분 도시락과 돗자리를 손에 들거나 등에 메고 있었다. 백 퍼센트 흥분된 마음으로 꽉 찬 버스가 달리기 시작했다. 날씨도 좋고 꽃도 활짝 핀 날이어서 버스 안은 발 디딜 틈 없이 꽉 찼다.

무나는 어른들 다리 사이에 끼여 옴짝달싹 못 했다. 무나야, 괜찮니? 조금만 참으면 된다, 무나야, 하는 부모님의 목소리가 머리 위에서 간간이 들려왔다. 조금만 참으면 된다고 생각하며 무나는 엄마와 아버지 손을 놓치지 않기 위해 안간힘을 썼다. 그러다 깜빡 졸았다. 덜컹덜컹 달리는 버스 안에서 다리와 다리 사이에 끼여 무던히 참고 있던 무나는 그만 잠이 들고 말았다.

어떻게 그럴 수가 있어?

너무 피곤하기도 하고 산소도 부족했거든.

기절한 거야?

아니야, 잠든 거야. 간밤에 잠을 통 못 잤거든.

좋아서 못 잔 거야?

아니, 꿈꾸지 않으려고 안 잤어.

응?

자고 일어나면 내가 꿈꾼 거라고 할까 봐.

꿈?

소풍 간다는 말이 꿈 같았거든. 너무 신나는 꿈.

그래서?

응?

소풍은 어떻게 됐어?

우선 거기까지.

무나는 다시 소라 피리를 입에 대고 불었다. 동글동글 말린 단단한 껍데기를 타고 흘러나온 부우, 하는 나직한 소리가 어두운 바다를 향해 퍼져 나갔다. 밤하늘의 별들만이 우리를 내려다보고 있었다. 뭔가 기억날 것도 같았지만 그저 무나는 피리를 불고 나는 피리 소리에 귀를 기울였다.

한참 뒤에 나는 말했다.

무나야, 이러다 사카가 잠을 깨겠어.

나는 무나가 좀 더 잠을 자기를 바랐다. 무나는 잘 자지 못했다. 꿈을 꿀까 봐 그러는 건지, 나는 묻지 않았다. 무나가 잠 못이루며 그리워하는 것이 무엇인지 나는 모르는 척했다. 동이 틀 무렵에야 피리 소리는 그쳤다. 잠든 무나의 얼굴을 들여다본 뒤 나는 낚싯대를 들고 집 밖으로 나갔다. 모아 둔 생선 내장도 챙겼다. 무나가 일어나면 맛 좋은 생선을 먹이고 싶었다. 지금껏 그래 왔듯이 무나와 나는 잘 지낼 것이다. 언제부터였나 생각해 보면 아주 오래전인 것도 같고 얼마 되지 않은 것 같기도 했다. 기억나는 건 무나와 나 둘뿐이었다는 거다.

어느 날 무나가 내게 빨리 와 보라고 소리쳤다. 나는 그물을 던져 놓고 무나에게 달려갔다. 무나가 손으로 가리키는 곳을 보니 푸른 파도를 타고 뭐가 둥실둥실 떠다니고 있었다. 큼직한 나무 상자 같았다. 벽에 덧대거나 지붕으로 쓸 수도 있을 것 같았다. 하지만 파도가 상자를 반대 방향으로 밀어 내고 있었다. 그대로 뒀다가는 멀리 떠내려갈 것 같아서 내가 헤엄을 쳐서 건져 왔다.

건져 놓은 걸 두고 무나와 나는 멀거니 한참을 바라보기만 했다. 그동안 우리가 바다에서 건져 낸 건 상자나 널빤지와 비닐, 아니면 물고기뿐이었다.

무나야, 이거…….

가방이다.

가방.

여행 가방이야, 비이.

진짜 가방이었다. 투명한 비닐로 겹겹이 싸여 단단하게 포장된, 바퀴가 달린 노란 플라스틱 가방이었다. 무나의 얼굴은 어리둥절하고 당황스럽지만 기대에 차 있었다. 나는 비닐을 풀기 시작했다. 비닐을 풀고 보니 가방에는 비밀번호를 맞추는 잠금 장치가 붙어 있었다. 숫자를 돌려 맞추느라 진땀을 빼고 있는데 무나가 내게 비키라고 하더니 사카의 비늘을 머리 위로 치켜들었다가 내리쳤다. 트렁크가 쩍 하고 입을 열었다.

비이, 이거 너한테 맞을 것 같아.

무나가 줄무늬 티셔츠를 들어 보이며 기쁜 듯이 소리쳤다.

가방 안에는 옷이 가득 들어 있었다. 보물 상자를 건진 기분이었다. 그동안 입어 왔던 옷은 다 낡아서 나달나달했다. 비닐로 꽁꽁 싸맨 덕에 옷은 하나도 젖지 않았다. 나는 입고 있던 셔츠를 벗고 무나가 건네준 줄무늬 셔츠로 갈아입었다. 조금 크긴 했지만 작은 것보다는 나았다.

무나야, 여기 원피스도 있어.

하얀 원피스는 무나가 입으면 정말 예쁠 것 같았다.

무나야, 샌들도 있고 모자도 있다. 무나야…….

가방을 뒤지며 신이 나서 외쳤는데 무나가 잠잠했다. 갑자기 무나의 눈에서 눈물이 툭 떨어졌다. 무나의 손에 작은 곰 인형이 들려 있었다. 하얀 털이 보송했지만 자세히 보면 목에 두른 빨간 리본은 색이 바랬고 군데군데 눌린 털도 있었다. 더러워지면 빨고 햇볕에 널어 말린 뒤 정성스레 털을 빗어 주며 소중하게 다룬 듯했다. 오랫동안 누군가의 사랑을 받았던 흔적이었다.

나는 원피스 밑에 있던 작은 아이 옷 몇 벌을 무나가 보지 못하도록 가방을 조용히 닫았다. 이미 무나가 봤다는 걸 알았지만 나는 모른 척하고 말했다. 그물 좀 보고 올게.

그 뒤로 무나는 말이 없어졌다. 좋아하는 새우를 잡아 줘도 먹는 시늉만 했다. 예쁜 조개껍데기를 주워다 줬지만 보는 둥 마는 둥 했다. 수척해지고 얼굴빛도 파리해졌다. 윤기 흐르던 머리가 푸석푸석해졌지만 무나는 빗질 한 번 하지 않았다. 내가 며칠이나 걸려 조개껍데기를 이어 목걸이를 만들어 줘도 고맙다고만 하고 걸어 보려 하지 않았다. 밤에는 잠도 자지 않고 집 밖으로 나가 차가워져 가는 사카의 비늘 위에 앉아 멀거니 하늘만 올려다보았다. 나는 무나 곁에 앉아 무나의 눈이 향하는 곳을 고개를 들어 바라보았다.

별이 많았다. 가끔 길게 꼬리를 그리며 바닷속으로 사라지는 별이 있었다. 그렇게 떨어지는 별은 물고기가 되어 바닷속을 헤엄쳤다. 아주 오래전에도 이렇게 바라본 것 같았다. 어둠과 별과 바다를. 그때도 무나와 내가 함께 있었던가. 뭔가 기억날 것 같았다. 미세하게 몸이 떨렸다. 뭔가 떠오를 것 같았지만 어렴풋했다. 대신 나는 무나에게 내가 알고 있는 이야기를 들려주었다.

좁은 골목을 따라 엇비슷하게 생긴 집들이 모여 있는 동네에 소년이 살았다. 집들은 모두 소년의 집과 비슷한 크기로 작았다. 작아도 화목한 집이 있었고 작아서 우환이 있는 집도 있었다. 소년의 아버지는 화를 잘 내는 사람이었고 소년의 어머니는 자주 두들겨 맞는 사람이었다. 그것은 집의 크기와 상관없는 일이었으나 결과적으로 소년에게는 상관있는 일이 되었다.

좁은 집이 싫어 소년은 밖으로 나돌았다. 성내는 아버지와 우는 어머니와 함께 있으면 소년은 좁은 집이 더 좁게 느껴졌다. 무슨 일인가로 친구들과 멀어지게 된 소년은 학교에도 잘 가지 않았다. 학교에 가지 않으니 집에도 들어갈 수 없었다. 그래도 문득문득 소년은 어머니가 보고 싶었다. 아버지가 없는 시간을 골라 집 앞에까지 간 소년은 문밖으로 들려오는 아버지의 고함 소리를 들었다. 귀를 기울이니 숨죽여 우는 소리도 들려왔다.

소년이 문 앞에서 발을 돌린 순간 옆집에서 누가 뛰쳐나왔다. 옆집에서 나온 사람은 그대로 좁은 골목길을 뛰어 달려 나갔다. 신발도 신지 않은 채 전속력으로 달렸다. 소년이 뒤따라 달리기 시작했다. 맨발로 달려가고 있는 이를 소년은 알아보았다. 소년과 엇비슷한 나이의 여자애로, 어렸을 때는 제법 친하게 지냈다. 언젠가는 길에서 새끼 고양이를 주워 여자애에게 준 적도 있다. 고양이가 여자애를 꼭 닮았기 때문이었다. 까만 털에 희미한 노란 줄무늬가 있는 새끼 고양이는 정말이지 너무 귀여웠다.

고양이?

어, 고양이.

까만 털에 노란 줄무늬가 있었다고?

어, 새끼였을 때는 노란 줄무늬가 희미했지.

고양이를 여자애에게 줬다고?

음……, 무나야, 그런데 아직 이야기 안 끝났어.

소년은 소녀를 뒤쫓아 달렸다. 어째서 뒤쫓는지 이유는 알수 없었지만 따라서 달렸다. 소년의 보폭으로 충분히 소녀를 따라잡을 수 있었지만 소년은 그저 소녀의 뒤를 따라갔다. 오랜만에 본 소녀는 낯설었으나 소녀가 어릴 적 일이라면 소년은 좀 알고 있었다.

소녀의 집은 소년의 집과 크기도 모양도 엇비슷했지만 소년의 집에 없는 게 있었다. 그것은 마당 가득 핀 꽃이었다. 소년은 열린 옆집 문 안쪽의 꽃들을 황홀하게 바라보곤 했다. 그렇게 아름다운 꽃이 가득한 집에서도 소년의 집과 비슷한 소리가 들려오는 것이 소년은 이상하기만 했다. 고함과 비명, 물건과 사람이 내동댕이쳐지고 부서지는 소리, 흐느껴 우는 소리가 소년의 집만큼 빈번하게 나곤 했다. 다른 점이라면 옆집에서 우는 사람은 여자애라는 것이었다.

그런 날이면 소녀와 소년은, 그때는 아직 어렸던 두 아이는, 손을 잡고 골목길을 빠져나가 비탈길을 걸어 내려가 큰길가로 나가 버스 정류장에 앉아 버스를 구경했다. 두 아이는 글을 읽을 줄 몰랐지만 버스 종점이 동물원이라는 건 잘 알고 있었다. 두 아이는 말하지는 않았지만 가 보고 싶다고 생각했다. 두 아이 모두 한 번도 동물원에 가 본 적이 없었다.

소년은 달리며 그런 것들을 기억해 냈다. 맨발로 달리고 있는 소녀는 그 뒤로 동물원에 가 봤을까. 소년은 물어보자 생각하고 속력을 냈다. 간 적이 없다면 버스를 타고 동물원에 가자고 하고 싶었다. 가 봤다면 다시 가 보자고 소년은 말할 셈이었다. 소년은 소녀의 이름을 불렀다. 무나야, 하고.

비이, 그건 네가 만들어 낸 이야기지?

……그런 셈이지.

왜 그런 이야기를 지어내?

…….

왜 그렇게 무서운 이야기를 해?

미안해, 무나야.

고양이는?

고양이는……, 무나야.

그때 몸이 크게 떨렸다. 몸이 떨리는 게 아니었다. 사카가 요동치고 있었다. 파도가 거세졌다.

고양이는 없어졌지, 비이?

무나야.

아버지는 고양이를 싫어했어.

무나야, 사카가 깨어났어.

아버지가 고양이를 죽였어, 그렇지?

무나야, 위험해. 노래를, 사카에게 노래를…….

무나는 노래 부르지 않았다. 무나의 어깨가 출렁였다. 무나의 온몸이 파도처럼 흐느끼고 있었다. 나는 무나를 향해 손을 내밀었다. 눈물을 닦아 주고 싶었다.

비이, 우린 버려진 거야?

아니, 우린 지켰을 뿐이야.

무엇을?

무언가…….

사카가 몸통을 흔들어 하늘까지 닿을 듯한 파도를 불러냈다. 거센 꼬리를 내리쳐 해일을 일으켰다. 모든 것이 휩쓸려 간다. 널어놓은 생선들과 해초들이 파도에 쓸려 단숨에 사라졌다. 무나와 내가 지은 집이 무너지고 있었다. 무나가 장식한 예쁜 무늬들이 산산이 흩어졌다. 작은 마당과 과꽃과 분꽃과 샐비어, 노란 줄무늬의 고양이가 흔들리고 곤두박질쳤다. 물이 차올랐다. 사카가 서서히 물속으로 잠겨 들었다.

가라앉고 있다. 어둡고 차가운 물속으로 가라앉고 있다. 손을 잡은 채, 무나와 나는 점점 더 깊이 가라앉았다. 무언가 기억이 날 것 같았다. 언제부터였을까, 우리 둘만 남게 된 것은. 왜 무나와 나, 둘만 남게 되었을까. 희미하게 기억이 몰려들었다. 그때도 무나와 나는 손을 잡고 있었다. 기억이 날 것 같다.

무언가……. 무언가 소중한 것을 우리는 지키려 했다. 무나와 내가 살던 세상은 춥고 황량했다. 차갑고 잔인했으므로 사람들은 쉽게 잊거나 잃고, 버리거나 빼앗겼고, 그럼으로 해서 세상은 더욱 음산하고 흉포해졌다. 그것을 잊지 않고 지키려 한 것은 무나와 나뿐이었으므로 우리는 추방당했다. 쫓겨난 우리가 손을 잡고 걷다 마지막으로 살던 곳을 보려고 뒤돌았을 때 세상은 무너지고 있었다. 소중한 무언가가 하나도 남지 않은 세상은 차츰 무너지다 순식간에 완전히 사라지고 말았다. 남은 것은 무나와 나, 오직 우리 둘뿐이었다.

겁에 질려 떠는 무나의 손을 나는 꼭 잡았다. 나 역시 두려웠지만 무나와 함께였으므로 나는 힘을 내어 잊거나 잃지 않으려 했다. 무언가, 무언가 소중한 것. 무나와 나를 살아남게 한 그 무엇.

사랑해, 무나야.

나는 무나를 꼭 껴안고 속삭였다. 무나도 기억해 내고 있었다. 우리가 사랑하고 있었음을. 그래서 살아남았음을. 무나가 내 목을 꼭 그러안고 내게 입을 맞췄다.

잊었던 것들이 하나하나 떠올랐다. 슬프고 괴로웠던 기억들과 하지만 절대 잊고 싶지 않던 아름답고 소중한 추억들이. 나는 무나에게 말해 줄 것이다. 내가 잊은 것은 무나가 내게 이야기해 줄 것이다. 아마도 그것은 사랑에 관한 이야기일 것이다. 혹은 사랑에 관한 노래일 것이다.

나와 무나는 손을 꼭 잡고 헤엄치기 시작했다. 무나가 그렸던 곳을 향해. 나무가 우거지고 꽃이 피어 새가 노래하고 고양이와 아이들이 뛰어노는 어딘가의 방향으로, 무나와 나는 헤엄쳐 나갔다. 무나가 노래했다.

바닷속, 아름다운 무나의 노래가 퍼져 나갔다.

수영장

하지만 나는 정말로 보고 싶었다.

남자애가 물고기처럼 헤엄치는 것을.

그리고 내게는 더욱 보고 싶었던 것이 있다.

그 애를. 그 여자애를. 여자애가 웃는 모습을.

햇살 속에서 아직 보지 못한 것을 향해 미소 짓는 것을.

그것은 기적과 같은 순간이었다.

내가 보고 싶었던 것은 너였다는 것을

말할 기회가 이제 내게는 영영 _____ 없다.

어디 괜찮은 데로 알아보라고 아빠가 말하자 엄마는 말없이 고개를 끄덕였다. 작년엔 별로였다고 아빠가 말하자 엄마는 못 들은 척했다. 여름휴가 얘기였다.

부모님이 고르는 여름휴가지는 늘 조용했다. 바닷가나 호숫가 호텔. 부모님은 그늘에서 책을 읽다 낮잠을 자고 산책을 한 뒤 이른 저녁을 먹고 일찍 잠자리에 들었다. 내가 수영하는 모습을 멀찍이서 구경하다가 잠깐 물에 발 담그는 게 고작이었다. 장소만 다를 뿐 해마다 휴가는 똑같았다.

이번 휴가지는 바닷가도 호수도 아니었다. 크리스마스트리 같은 나무들이 울창한 숲이었다. 호텔 입구에 차를 세운 뒤 마중 나온 직원을 따라 숲길을 걷기 시작했다. 자신을 매니저라고 소개한 남자는 나이가 지긋했는데, 왜소한 체격과 달리 몸은 단단해 보였다. 티셔츠에 헐렁한 청바지 차림이라 호텔 직원 같은 느낌이 들지 않았다.

젠장, 호텔 로비 한번 되게 길군. 아빠가 구시렁대고도 한참이 지나서야 매니저가 걸음을 멈췄다. 지붕이 삼각형인 아담한 이층 목조 건물 앞이었다. 새집 같지는 않았지만 깨끗했다.

있을 건 다 있네. 밥을 해 먹어도 되겠어, 여보. 주방을 둘러보던 아빠가 말했지만 엄마는 이미 위층으로 올라간 뒤였다. 위층은 사방으로 창이 난 커다란 침실 하나뿐이고 널찍한 발코니로 연결되었다. 발코니에 나가 사방을 둘러봤지만 딱히 볼만한 건 없었다. 오직 진한 초록색뿐이었다. 바늘 같은 잎을 황금빛으로 물들인 햇살이 썰물처럼 빠르게 물러나자 한층 진한 녹색만 남았다. 위층은 부모님이 쓰고 아래층 작은 방은 내 차지가 됐다.

짐을 풀고 샤워를 하고 나자 매니저가 찾아와 저녁 식사를 하겠느냐고 물었다. 요리사가 퇴근하기 전에 주문을 해야 된다고 했다. 아빠가 문 앞에서 필요한 것 몇 가지를 이야기하자 매니저는 방에 들어와 즉시 찾아 주었다. 그것들은 잘 보이는 곳에 놓여 있거나 서랍 몇 개만 열면 금세 찾을 수 있었다. 모기약과 와인 따개, 손톱깎이 등을 찾아 줄 때와 마찬가지로 부드러운 미소를 지으며 매니저는 이제 식사하러 갈 준비가 됐느냐고 물었다. 소파에 앉아 있던 엄마가 카디건을 집어 들고 일어났다.

딸깍. 매니저가 손전등을 켰다. 희미한 광선이 어두운 길 위를 비추자 벌레들이 혼비백산해서 달아났다. 길고 거친 풀이 발목을 스쳤다. 아빠는 모기를 쫓느라 연신 손바닥으로 팔을 때렸다. 이렇게 걷고 나면 신발창에서도 스테이크 맛이 나겠다고 아빠가 농담을 했을 때 저만치에서 희끄무레한 빛이 보였다.

식당은 사방이 뚫린 정자 형태였다. 팝콘 같은 꽃이 핀 덤불이 식당 주변을 에워싸고 있었다. 아담한 공간에 테이블이 네 개 놓여 있고 손님은 우리뿐이었다. 매니저가 촛불을 두어 개 켜서 테이블 위에 놓아 주었다. 파닥거리는 소리를 따라 올려다보니 천장에 달린 희미한 등 주위를 나방 두어 마리가 날아다니고 있었다. 메뉴판에서 각자 메뉴를 고르고 나자 매니저는 어둠 속으로 사라졌다. 주방은 따로 떨어져 있는 모양이었다.

사방은 조용하고 어둑했다. 간혹 멀리서 새 우는 소리가 들려왔는데 듣고 있다 보니 아무도 없어, 아무도 없어, 하는 것 같았다. 정말 아무도 없는 듯했다. 마주 앉은 부모님 너머로 무성한 나무 몇 그루가 어슴푸레 보이고 그 뒤로는 짙은 어둠뿐이었다. 아빠는 너무 덥다고 투덜대고 엄마는 물끄러미 촛불만 바라봤다. 눈을 돌리자 오직 한 군데만 유난히 환했다.

사각형의 푸르스름한 빛.

수영장이었다. 푸른빛은 강렬하지는 않았지만 어둠 속이라 도드라져 보였다. 물속에서 스며 나온 파르스름한 빛이 어두운 대기를 향해 은은하게 퍼지다 어느 순간 부드러운 경계를 이뤘다. 마치 야광 해파리들이 한데 모여 빛을 발하는 것 같았다. 물결이 이따금 해파리 촉수처럼 하얗게 일렁였다.

내일 아침 일찍 해야 할 일이 떠올랐다. 수영. 나는 어렸을 때 꽤 오랫동안 수영 강습을 받았다. 그 덕에 수영은 웬만큼 자신이 있다. 접영은 아무리 해도 능숙해지지 않지만.

우리가 식당에 있다는 걸 잊어버린 게 아닐까 하는 생각이 들 무렵 매니저가 커다란 쟁반을 들고 나타났다. 그 뒤로 다른 직원 하나가 그림자처럼 따라왔다. 매니저가 우리의 식사를 돕는 동안 뒤따라온 직원도 묵묵히 제 할 일을 했다. 더러워진 냅킨을 치우고 새 양초에 불을 붙이고 모기향을 피웠다. 매우 능숙하고 민첩한 솜씨였다. 직원은 매니저처럼 티셔츠 차림이었는데 소매 아래로 드러난 팔이 몹시 가늘었다.

내가 잔을 비우자마자 직원이 물을 채워 줬다. 물에서 상큼하면서도 향긋한 냄새가 났다. 레몬 향 같았다. 물병을 든 직원이 몸을 돌려 긴 머리가 한번 출렁였을 때 그 냄새가 직원에게서 난다는 걸 알았다. 직원은 앳된 여자였다. 내 또래처럼 보였다.

다음 날 눈을 뜨자마자 나는 물안경을 들고 밖으로 나갔다. 수영복은 반바지 아래에 이미 입고 있었다. 밖은 아직 어둑했다. 이른 시각이기도 했지만 나무가 빽빽해서 해가 들려면 한참 먼 것 같았다. 풀잎에 맺힌 이슬 때문에 슬리퍼를 신은 발이 금세 젖어 버렸다. 백 살도 넘은 것 같은 나무들 사이로 다른 숙소들은 어디에 있나 두리번거렸다. 부연 새벽안개를 덮고 잠들어 있는 숲은 아무것도 보여 주지 않았다.

지금까지 묵었던 호텔과는 확연히 달랐다. 매니저 말로는 숲에 집이 다섯 채 있는데 서로 멀리 떨어져 있다고 했다. 각기 크기와 구조가 다르고 한 집에 한 팀의 손님만 묵는다. 현재 예약이 차 있지만 수영장과 식당에서 말고는 다른 손님들과 부딪치는 일은 드물 거라고 했다. 이런 이른 아침이라면 수영장도 비어 있을 게 분명했다.

그러나 내 생각이 틀렸다. 낮은 웃음소리와 중얼거리는 소리, 물장구치는 작은 소리가 수영장에서 들려왔다. 나는 걸음을 멈추고 멀찍이서 살폈다.

벌써 누가 물속에 들어가 있었다. 분했다. 수영장을 독차지하려던 계획이 틀어져 버렸다. 남자애였다. 물 위로 드러나 있는 건 머리를 짧게 깎아 공처럼 보이는 가무잡잡한 머리통뿐이었다. 그리고 수영장 밖에 한 사람이 더 있었다. 여자였다. 하얀 원피스를 입고 있었다.

여자가 물속의 남자애한테 뭐라고 말했는데 나한테는 잘 들리지 않았다. 남자애가 뭐라고 대답했는지 둘은 마주 보며 웃었다. 우스워 죽겠는데 간신히 참는다는 듯한 웃음소리가 나직하게 들려왔다. 수면에서 반사된 빛이 두 사람의 얼굴에 일렁였다. 나는 숨죽여 지켜보기만 했다.

일부러 숨을 생각은 아니었다. 등장할 기회를 놓쳤을 뿐이다. 그러다 보니 마치 엿본 꼴이 되었고 오해를 사기 싫었다. 그보다는 어떤 느낌 때문에 다가갈 수 없었다. 그들은 갓 태어난 짐승을 연상케 했다. 자기들만의 안전하고 평화로운 은신처에서 마음껏 놀고 있는 어린 짐승들. 보이지 않는 울타리가 나에게 다가오지 말라고 하고 있었다. 수영장은 오직 두 사람만을 위해서 존재하는 것 같았다. 그 안에서 둘은 완벽하게 행복해 보였다.

여자가 뭐라고 말하자 남자애가 천천히 물살을 가르며 수영장 가장자리로 갔다. 수영장 벽에 붙은 계단을 딛고 남자애가 물 밖으로 나왔다. 여자는 타월로 남자애의 몸을 감싸고 닦아 주었다. 그러고는 물병 뚜껑을 열고 남자애에게 물을 마시게 했다. 어린 새처럼 남자애는 입을 벌리고 물을 받아 마셨다.

레몬 냄새. 나는 엊저녁에 마신 물에 떠돌던 냄새를 떠올렸다. 여자는 어제저녁 내게 물을 따라 준 직원이었다. 햇빛 아래서 보니 어젯밤보다 더 어려 보였다. 남자애는 여자애보다 한참 어렸다. 많아야 일고여덟 살 정도로밖에 안 보였다. 동생인 것 같았다.

수영장 가장자리를 돌아 울창한 숲속으로 여자애와 남동생은 사라졌다. 둘이 손을 꼭 잡고 갔다. 그럴 리 없는데도 내게는 그렇게 보였다. 남자애는 두 팔이 없었다. 반소매 옷 아래부터 이어져야 할 부분이 없었다. 학교 미술실에 있는 비너스 상처

럼 말이다. 완전히 날이 밝았고 아이들이 떠난 수영장에는 잔
물결만 조용히 넘실거렸다.

　숙소로 돌아가자 마당에 나와 있던 아빠가 보여 줄 것이 있
다고 했다. 건물 뒤로 나를 데려가더니 손가락으로 지붕 밑을
가리켰다. 아빠처럼 고개를 뒤로 젖히고 올려다봤다. 햇살이
눈을 찔러 눈앞이 컴컴해졌다. 내가 잘 안 보인다고 하자 아빠
는 답답하다는 듯 벌집이라고 알려 줬다. 자세히 보니 그런 것
도 같았지만 아닌 것도 같았다. 벌집을 실제로 본 적이 없었다.
벌이 드나드는 걸 봤다고 아빠가 말했다. 위험하다고 아빠가
중얼거리더니 매니저를 불러야겠다고 했다. 암만 올려다봐도
벌은 한 마리도 보이지 않았다.

　아침 식사 시간에 매니저는 나타나지 않았다. 식당에는 어제
처럼 우리 가족뿐이었고, 매니저 대신 재킷을 입은 여자 직원
이 식사를 준비해 줬다. 젊은 여자였지만 그 애보다는 나이가
훨씬 많았다. 아빠가 직원에게 매니저를 불러 달라고 하자 직
원은 미소를 지으며 아직 교대 시간이 아니라고 했다.

　아빠는 벌집을 살피러 숙소로 돌아가고 엄마와 나는 수영장
으로 갔다. 엄마는 선베드에 누워 책을 펼쳐 들었다. 해는 뜨겁
고 내 몸에 땀이 흐르기 시작했다. 햇빛에 반사된 수면이 눈이
부시도록 반짝였다. 열기와 만난 수면 위에서 아지랑이가 피어
올라 수영장은 마치 사막 위 신기루처럼 보였다. 나는 천천히

아지랑이 사이로 들어갔다.

좋은 수영장이었다. 만든 지는 좀 된 것 같지만 관리가 잘되어 깨끗하고 쾌적했다. 수영장 한쪽 가장자리는 물이 무릎 정도까지 왔지만 차츰 깊어졌다. 제일 깊은 곳에서 바닥을 딛고 서자 수면이 내 목에 닿았다. 푸른색 타일에는 물때 하나 없고, 물은 투명했다. 물결이 일렁이면 푸른색 타일 때문에 푸른 파도가 출렁이는 것 같았다. 하얀색과 붉은색 꽃이 흐드러지게 핀 나무가 수영장 주위로 우거져 있고 하얀 파라솔 몇 개가 동그란 그림자를 드리우고 있었다. 이렇게 좋은 수영장은 지금껏 본 적이 없다. 사람이 없다는 게 제일 좋은 점이었다.

나는 물을 가르기 시작했다. 몇 번 수영장을 왕복하고 있는데 떠들썩한 소리가 들려왔다. 높고 맑은 웃음소리. 물 밖으로 머리를 내밀었다. 분홍색 튜브를 몸에 끼운 아이 둘이 뛰어오고 있었다. 처음 보는 애들이었다. 그것도 완전 어린애들. 대여섯 살쯤 되었을까. 한 아이는 더 작았다. 둘 다 여자애고 물방울 무늬 수영복을 입고 있었다. 그 뒤로 아이들의 부모가 따라왔다. 이내 수영장이 소란스러워졌다.

엄마는 책을 덮고 일어났다. 엄마가 숙소로 돌아가고 나도 수영장을 떠났다. 등 뒤에서 웃음소리가 크게 들려와 돌아보니 아이들의 아빠가 튜브 두 개를 끌어 주고 있었다. 아이들은 또 웃었다.

숲속을 돌아다니다가 집 두 채를 발견했다. 둘 다 우리 숙소처럼 잔디가 깔린 마당이 있고 마당 둘레에 나무 울타리가 쳐져 있었다. 문이 잠긴 집 앞에서 발꿈치를 들고 슬쩍 보니 마당에 수영복과 티셔츠를 널어놓은 빨래 건조대가 있었다. 문이 열려 있는 집에서는 고기 굽는 냄새와 함께 왁자지껄 웃음소리가 터져 나와 얼른 자리를 떴다.

그러다 매니저를 만났다.

"토끼는 저쪽으로 갔어요."

무슨 소린가 하면서도 매니저가 가리키는 방향을 쳐다봤다.

"거북이를 막 쫓아가던데요. 이 앞은 막혔어요. 호텔 끝입니다."

매니저는 내가 향하던 길을 눈으로 가리키며 다시 한 번 호텔 끝이라고 말했다. 매니저는 호텔 끝이라는 곳에서 걸어오던 참이었다.

아침에 아빠가 찾았다고 말하자 매니저는 들었다고 했다. 숙소에 벌집이 있는 것 같다고 하자 매니저는 고개를 끄덕이더니 이제 가 볼 참이라고 말했다.

"아버님은 집 밖에 있는 건 아주 잘 찾으시는군요."

나는 무슨 말인가 하다가 어제저녁 일을 기억해 냈다. 얼굴이 달아오르는 게 느껴졌다.

"호텔 끝이라면 저쪽에 출구가 있나요?"

"벌은 건들지 않으면 먼저 쏘지 않는 법인데 말이죠."

매니저는 딴소리를 하더니 내 눈을 잠시 들여다봤다.

"그쪽으로는 가지 않는 게 좋습니다."

나직하지만 분명한 목소리였다.

"아이들이 공부하고 있거든요."

"공부요? 학교가 있나요?"

"네, 그런 셈이죠. 토끼는 저쪽이고 수영장은 어딘지 아시죠? 아니면 저랑 같이 벌집을 보러 가시겠습니까?"

나는 수영장을 선택했다. 매니저를 따라 걷다가 뒤를 돌아보았다. 호텔 끝. 새벽에 여자애와 팔이 없는 남자애가 향했던 길이다. 길은 나무 아래로 이어지다가 짙은 그림자 속으로 사라졌다.

"어제도 왔었지?"

숨이 멎는 것 같았다. 대답 대신 나는 고개를 푹 숙였다. 들켰다. 질문보다 한참 뒤늦게 나는 간신히 고개를 끄덕여 보였다. 전날보다 이른 시각에 수영장에 도착했지만 아이들은 또 먼저 와 있었다.

"왜 가는데?"

도망치듯 숙소 쪽으로 걸어가자 뒤에서 여자애 목소리가 나를 멈춰 세웠다.

"수영하러 온 거잖아?"

여자애의 눈이 내 손끝에서 대롱거리는 물안경을 가리키고 있었다.

"우린 금방 갈 거야. 수영할 줄 알아?"

나는 또 고개만 끄덕였다.

"근처에 물웅덩이 같은 게 있는데 그 위로 절벽이 있어. 여름이면 남자애들이 절벽 위로 올라가 다이빙을 하곤 해. 큰 애들부터 작은 애들까지 모두. 내 동생도 절벽에서 다이빙을 하고 싶어 하는데 수영을 못 해."

나는 여자애 어깨 너머로 수영장을 바라봤다. 남자애는 나를 보고 잔뜩 겁먹은 얼굴이었다.

"절벽이라면 얼마나 높은데?"

"뭐, 대단한 높이는 아니야."

햇살이 눈부신 듯 여자애는 한쪽 눈을 살짝 찡그리며 말했다.

"기적 같은 게 있다고 생각해?"

짙고 부드러운 눈썹 아래 침착하게 빛나는 눈이 내 대답을 기다렸다. 내 또래이거나 한두 살 어릴 것 같았지만 여자애의 눈은 어딘지 모르게 어른스러워 보였다. 어떤 대답을 해도 여자애를 실망시킬 것 같아서 나는 주저하다 대답했다.

"그런 건……, 별로."

"나도 그래. 그런데 저 아이는 기적이 있다고 믿는 모양이야."

여자애의 한쪽 뺨에 볼우물이 파였다.

"볼래?"

여자애는 말하고 나더니 수영장 쪽으로 몸을 돌려 걸었다.

곧게 뻗은 등으로 흘러내린 머리가 허리춤에서 넘실댔다. 몇 걸음 가다가 여자애가 뒤돌아봤다. 따라오지 않고 뭐 하느냐는 얼굴이었다. 별수 없었다. 수영장에 도착한 나를 보고 남자애의 얼굴이 완전히 굳어 버렸다.

"시간 다 됐어. 몇 번만 하고 가자."

여자애가 물속의 남자애에게 말했다. 남자애는 못 들은 것처럼 꼼짝도 하지 않았다.

"하기 싫으면 나와. 가자."

남자애는 그제야 움직였다. 머리만 내놓고 물속을 걸었다. 전날에도 그랬다. 남자애는 수영장 가장자리를 따라 물속을 걸어 다니기만 했다.

"보고 싶지?"

"어?"

"저 애가 어떻게 밥을 먹는지, 어떻게 옷을 입는지, 글씨는 어떻게 쓰는지 보고 싶지?"

그런 생각을 한 적은 없다. 듣고 보니 조금은 궁금해졌다. 하지만 보고 싶었던 건 아니다.

"동생은 똑똑해. 혼자 밥도 먹고 옷도 갈아입어. 일기도 쓰고 그림도 잘 그려. 책은 제 또래 누구보다도 많이 읽었어. 알겠어?"

나는 남자애를 잠시 바라본 뒤 대답했다.

"그래."

"저 아이는 날 때부터 그랬어. 물고기가 물고기로 태어난 것처럼 쟤는 저렇게 태어난 것뿐이야. 알겠어?"

여자애는 수영장 속의 제 동생만 뚫어지게 바라보며 말했다. 햇살이 여자애의 이마와 코, 뺨, 턱을 부드럽게 훑어 내리며 황금빛으로 물들였다. 여자애의 귀는 작은 소라 모양이었다.

"……알겠어?"

나는 여자애가 한 말을 잘 알아듣지 못했지만 대답했다.

"그래."

여자애 말이 맞았다. 나는 보고 싶었다. 하지만 내가 보고 싶었던 건 그런 게 아니다. 나는 푸른 물속만 묵묵히 바라봤다.

여자애가 가자며 물속의 동생을 불러냈다.

"이제 수영장은 네 거야."

수영장 둘레를 돌아 울창한 숲속으로 여자애와 남자애는 사라졌다. 날이 완전히 밝아 수영장은 물고기 비늘처럼 반짝였다.

숙소로 돌아가니 뒷마당에서 나오던 아빠가 아직도 벌집이 달려 있다고 했다. 사다리를 구해 보겠다던 매니저는 감감무소식이라며 호텔 서비스가 영 글러 먹었다고 말했다. 엄마가 안에서 나오더니 아침 먹으러 가자고 했다. 아빠는 호텔 음식도 별로라고 했다.

아침을 먹은 뒤 아빠는 숙소로 돌아가고 엄마는 수영장에서 책을 읽고 나는 사람들이 수영장에 나타날 때까지 수영을 했다. 어제 본 물방울무늬 수영복 자매와 부모들이 왔고 젊은 남녀 한 쌍이 새로 등장했다.

엄마가 부탁한 음료수를 주문하러 식당에 갔더니 매니저가 앉아 있었다. 아이스커피 한 잔을 만들어 달라 하고는 근처에 물웅덩이가 있는지 물었다. 매니저가 어리둥절한 표정을 지었다. 다이빙할 수 있는 절벽이 있는 물웅덩이가 있느냐고 다시 물으니 매니저가 그제야 고개를 끄덕였다.

"그랜드 캐니언 말이군요."

"그랜드 캐니언요?"

"딱히 이름은 없는데 여기서는 그렇게들 부릅니다. 그랜드 캐니언과 닮았다고요."

그러면서 식당 한쪽에 놓인 매우 고풍스러운 수납장 서랍을 열어 뭔가 찾더니 선물이라며 종이 한 장을 내밀었다. 지도였다. 손으로 간략하게 그린 지도를 복사한 것이었다.

지도에 따르면 호텔 입구에서 3킬로미터 거리에 가게와 식당이 있고 그랜드 캐니언은 거기서 2킬로미터 더 가야 했다. 매니저는 아쉽게도 선물로 줄 수는 없지만 빌려줄 수 있는 자전거가 호텔에 몇 대 있다고 했다. 나는 점심 먹기 전에 자전거로 다녀오기로 했다. 물웅덩이인지 그랜드 캐니언인지 하는 곳에 말이다.

자전거로 10분쯤 부지런히 달리니 길 아래로 멀찍이 붉은 바위와 푸르스름한 색이 보이기 시작했다. 도착하고 보니 여자애와 매니저 말은 둘 다 거짓이었다. 웅덩이라고 하기엔 너무 크고, 그랜드 캐니언이라고 부르는 건 그랜드 캐니언에 실례가 될 것 같았다. 붉은 암석이 층층이 쌓인 절벽이 둥글게 에워싸고, 그 안에 물이 담겨 있다고 해야 할지 고여 있다고 해야 할지, 그런 형태였다. 물색은 가운데로 갈수록 차츰 짙어져 중심은 진한 녹색이었다.

사방을 둘러봤지만 아무도 보이지 않았다. 나는 자전거를 길에 세워 두고 물가로 내려갔다. 모래가 발밑에서 부서져 내렸다. 발에 힘을 주며 모래언덕을 내려가니 모래사장이 10여 미터쯤 펼쳐져 있었다. 모래벌판 양옆으로는 바위로 덮인 언덕이 완만하게 이어지다 어느 순간 깎아지른 절벽이 됐다. 올려다보니 저만치 절벽 끝이 툭 튀어나와 있었다. 과연 다이빙하기 딱 좋은 위치였다. 높이는 7, 8미터 정도. 상당했다.

나는 바위로 덮인 비탈길을 오르기 시작했다. 이마에서 땀이 후드득 떨어졌다. 땀으로 흠뻑 젖은 티셔츠를 훌렁 벗었다. 숨 막힐 듯 무더운 날씨였다. 잠시 뒤 절벽 끝에 도착했다.

굽어보니 아래는 까마득하게 멀었다. 물이 어디론가 흘러가는 기색은 없었다. 하지만 깨끗하고 투명해 보였다. 절벽 아래는 유독 물색이 짙었다. 너무 짙어 검은색에 가깝고 둥근 원을 그리고 있었다. 마치 동굴처럼 보였다. 수심이 얼마나 되는지 가늠할 수 없었다. 이쯤 되면 수영이 문제가 아니다. 뛰어내리

는 데 많은 것이 필요해진다. 용기 비슷한 것, 무모함과 꼭 뛰어
내릴 수밖에 없는 이유 등등. 잠시 후 절벽에서 걸어 내려왔다.
내게는 무모함도, 꼭 뛰어내려야 할 이유도 없었다.

　모래 위에 신발을 벗어 두고 물속으로 뛰어들었다. 단숨에
땀이 가셨다. 떼 지어 다니던 작은 물고기들이 질겁해서 달아
났다. 먼저 자유형이다. 한가운데까지 헤엄쳐 들어갔다. 검은 구
멍처럼 보이는 곳까지 갔다가 턴해서 평영으로 돌아왔다. 다음
은 배영. 턴. 접영. 바로 배영으로 바꿨다. 접영에는 익숙해지지
않는다. 물만 엄청 튀기고 만다. 어째서 잘 안 되는 걸까.

　나는 내가 속한 수영반에서 실력이 제일 뒤처지는 아이였다.
다른 애들이 스윽 슥 물살을 가르며 나아갈 때도 나는 수영장
구석에서 킥판을 잡고 연습했다. 수영은 소질도 없고 재미도
없었다. 그래도 방학 때마다 수영장에 다녔다. 수영은 꼭 배워
둬야 한다고 부모님이 말했기 때문이다. 꼭 배우지 않아도 되
는 것들까지 배우느라 방학 때도 바빴다. 최소한 부모님만큼은
바빠야 했다. 부모님은 늘 집에 없었다.

　물 위에 누워 이따금 팔과 다리를 저었다. 절벽 위로 하얀 구
름이 피어올랐다. 하늘 가운데 떠 있는 태양이 이글거렸다. 눈
을 감았는데도 눈앞에 빛이 어른거렸다. 가능할까. 팔이 없는
데 과연 수영을 할 수 있을까. 킥판을 잡고 발차기를 연습하는
것, 그게 수영 수업 첫 시간에 배운 것이었다. 그런데 킥판을 잡
을 손과 팔이 없다면 어떻게 시작해야 하는 걸까.

여름 방학이 다 끝날 때에야 간신히 킥판에서 벗어났고, 수영 코치는 기적이라고 말했다. 심지어 나를 위해 박수를 쳐 주라고 아이들에게 말했다. 아이들은 마지못해 손뼉을 쳤고 나는 그대로 물속에 코를 박고 죽고 싶었다. 그때 알았다. 기적이란 조롱거리를 가리키는 말이라는 것을.

여자애가 했던 말을 떠올렸다.

물고기로 태어난 것처럼 팔이 없이 태어나기도 한다.

나는 티셔츠로 몸을 대충 닦은 뒤 젖은 티셔츠를 입고 호텔 쪽으로 자전거를 달렸다. 도중에 가게가 보여서 콜라 한 병을 사서 단숨에 마신 뒤 호텔로 돌아왔다. 다시 땀으로 흠뻑 젖었다.

자전거를 돌려주고 숙소로 돌아오니 아빠가 갈 데가 있다고 했다. 근처에 시장이 있다고 했다. 엄마는 숙소에 남아 있겠다고 했지만 결국 자동차 뒷좌석에 앉았다. 아빠는 내게 종이 한 장을 주며 잘 보라고 했다. 내가 매니저에게 받은 것과 같은 지도였다. 시장은 그랜드 캐니언과 반대 방향으로 10여 킬로미터 떨어져 있었다. 차로는 금방이었다. 하지만 시장에 도착한 건 한 시간쯤 뒤였다. 아빠는 내가 지도를 잘못 본 탓이라고 했다.

시장에 들어서자 맛있는 냄새가 곳곳에서 풍겨 왔다. 국수를 한 그릇씩 사 먹고 시장을 둘러보았다. 시장은 작지만 싱싱한 채소와 과일이 잔뜩 쌓여 있고 제법 북적였다. 아빠는 장을 봐서 음식을 만들어 먹자고 했다. 엄마는 아무 대꾸도 하지 않았다. 시원찮은 호텔 음식보다 훨씬 낫지 않겠냐고 아빠가 말하자 엄마가 대답했다. 조용히 쉬고 싶어요, 여보. 그러려고 여행 온 거잖아요.

잠시 뒤에 시장을 떠나 숙소로 향했다. 엄마는 뒷자리에 고기와 생선, 채소, 과일과 함께 앉아 창밖만 바라봤다. 엄마는 요리를 하지 않는다. 우리 가족은 같이 밥을 먹지 않는다. 어느 쪽이 먼저인지 모르겠다. 아무튼 양쪽 모두에 익숙해졌다. 온 가족이 함께 밥을 먹는 건 여름휴가 때뿐이다. 그나마도 외식이다. 아빠가 엄마에게 말했다. 내게 맡겨, 여보, 오늘 저녁은 내가 책임질게. 나는 아빠가 요리하는 걸 한 번도 본 적이 없다. 엄마는 말없이 차창을 열었다. 마침 생선 냄새를 맡고 들어온 파리 한 마리가 차 안을 끈질기게 날아다녔다.

숙소로 돌아오자마자 아빠는 요리를 시작했다. 고기와 생선을 굽고 토마토를 넣은 파스타를 만들겠다고 했다. 생선 손질쯤은 식은 죽 먹기라며 아빠는 칼을 들었다. 그러나 말과 달리 생선 손질은 만만치 않아 보였다. 칼이 잘 안 든다며 아빠는 불평했다. 그러다 엄마를 부르더니 배를 가른 생선 속을 보여 주면서 이게 다 내장이냐고 물었고, 엄마는 잘 모르겠다고 했다. 생선 좀 손질해 보라고 아빠가 말하자 엄마는 손질해 놓은 걸 샀어야 했다고 말했다. 생선 손질만 해 주면 나머지는 다 알아서 하겠다고 아빠가 말하자 엄마는 다시 생선은 손질된 것으로 사야 한다고 말했다. 아빠가 칼을 집어 들더니 생선 대가리를 내려쳤다. 검붉은 피가 하얀 벽에 사방으로 튀었다. 엄마는 손으로 눈가를 닦으며 그렇게 손질된 생선을 사라 그러지 않았느냐고 말했다.

아빠는 냉장고를 열더니 맥주 캔을 빼 들고 거실 소파에 앉아 맥주를 마셨다. 아빠의 손가락에도 붉은 피가 흐르고 있었다. 검붉은색이 아니라 선명한 빨간색이었다. 엄마는 문을 열고 밖으로 나갔다. 열린 문틈으로 들어온 파리들이 걸레처럼 너덜너덜해진 생선에 달려들었다. 나는 엄마의 베이지색 카디건을 들고 숙소에서 나왔다.

순식간에 캄캄해졌다. 밤인데도 열기는 식지 않았다. 바람 한 점 없었다. 숲에서 뿜어낸 습기는 흐르지도 않고 공기에 고여 있어 마치 물속을 걷는 것 같았다. 온몸이 축축해졌다. 엄마를 찾아 나선 지 한 시간도 넘었다. 다섯 번째 집까지 찾아냈지만 엄마는 아무 데도 보이지 않았다. 숲 너머로 학교가 있다는 길을 한참 바라보다가 걸음을 돌렸다. 다시 식당으로 가 봤지만 아무도 없었다. 천장에 붙어 있는 등 주위에서 나방 두 마리가 날개를 가쁘게 퍼덕이고 있었다. 덥고 지치고 배도 고팠다.

어둠 저편에 수영장이 푸르스름한 빛을 내뿜고 있었다. 물고기 지느러미처럼 일렁이는 물결을 한참 바라보고 있자 눈앞이 아득해지고 머릿속이 몽롱해졌다. 그래서 잘못 들은 줄 알았다.

멀리서 들려오는 수런거림.

어두운 숲속은 부연 안개로 덮여 있었다. 안개 속으로 멀리 작은 불빛 몇 개가 깜빡였다. 불빛은 흔들리고 이리저리 움직였다. 반딧불 같았다. 아닌 것도 같았다. 여름 숲속에 반딧불이 날아다닌다는 소리를 듣긴 했지만 실제로 본 적은 없었다. 반 딧불도 우는 소리를 내는가 생각해 봤다. 울기는 울 것이다. 그러나 반딧불 소리는 내가 생각하는 곤충의 울음소리와 확연히 달랐다. 그건 마치 아이들의 웃음소리 같았다.

안개 속에서 희미한 형체들이 어른거렸다. 마치 어두운 밤, 창으로 비쳐 든 달빛이 벽에 그린 그림자처럼 수상쩍었다. 기억나지도 않는 꿈속을 떠돌던 두려운 존재들처럼 괴이하게 흔들렸다. 수영장 불빛은 더욱 파르스름하게 빛났다. 하늘을 올려다봤지만 달은 보이지 않았다. 수런거리는 소리는 조금 더 커졌다. 마침내 그림자들이 숲을 빠져나왔다.

그 순간, 세 살 이후로 까맣게 잊은 단어가 떠올랐다. 한밤중 깊은 산속에서 내려와 잠든 아이들의 머리맡에 도마뱀 꼬리나 두꺼비의 혀를 살짝 남기고 꿈속을 휘젓는 장난을 즐기는 존재들. 바로 요정이었다. 물론 실제로 본 적은 없다. 하지만 내 눈앞에서 움직이고 있었다. 아니다. 그럴 리 없다. 자세히 보니 어린 아이들일 뿐이었다.

아이들이 손에 양초를 들고 두 줄로 걸어오고 있었다. 스무 명이 훌쩍 넘었다. 서너 살부터 열 살 남짓한 아이들. 제일 어린 아이는 걸음마도 익히지 못한 것 같은 아기였다. 그 아기를 제일 키가 큰 아이가 안고 있었다. 그 애였다. 그 여자애였다. 그 옆에서는 여자애의 팔 없는 남동생이 걷고 있었다. 남자애는 하나뿐이었다. 아이들이 수영장 앞에서 행진을 멈췄다.

아이들은 몇 명씩 짝을 지어 둥글게 원을 만들어 웅크려 앉았다. 웃음소리와 소곤대는 소리. 뭔가 즐거운 일을 하기 직전의 흥분과 설렘이 느껴졌다. 여자애도 아기를 풀밭 위에 내려놓고 남동생과 나란히 앉았다. 여자애의 얼굴이 옆에 앉은 아이한테 가려 잘 보이지 않았다. 나는 옆의 나무로 옮겼다. 별로 나아지지 않았지만 더 옮겨 갈 나무가 없었다.

여자애는 고개를 숙인 채 열중해 있었다. 흘러내리는 머리카락을 손가락으로 귀 뒤로 쓸어 넘겼다. 소라 모양의 귀가 드러났다. 이마와 볼을 타고 희미한 달빛이 부드럽게 흘러내렸다. 나는 하늘을 올려다보았다. 달은 여전히 보이지 않았다. 빛은 아이들 사이에서 새어 나오고 있다. 여자애 얼굴이 점점 더 환하게 빛났다. 가는 팔과 원피스가 연한 호박색으로 물들었다.

빛은 점점 둥글게 부풀어 오르더니 어느 순간 아이들 머리 위로 둥실 떠올랐다. 하나, 둘, 셋, 넷. 모두 네 개였다. 둥글고 환한 것이 하늘을 향해 둥실둥실 날아올랐다. 종이 등이었다. 꼭 네 개의 작은 달처럼 보였다. 아이들은 기쁨에 넘쳐 어쩔 줄 모르며 발을 구르고 손뼉을 쳤다. 그러나 소리는 거의 나지 않았다. 마치 소리 내지 않는 것이 자연스러운 일이라는 듯, 아이들은 멀리서 우는 새소리나 바람에 흔들리는 나뭇잎 소리처럼 조용히 환호하고 있었다. 자신들의 잔치를 절대 들키고 싶지 않은 숲속의 요정들처럼 아이들은 손을 맞잡고 원을 그리며 조용히 춤을 추었다. 둥근 달 네 개가 아이들을 비춰 주었다.

아기를 안은 채 여자애는 고개를 젖히고 가만히 하늘을 올려다봤다. 부드럽고 검은 머리가 등 뒤로 출렁였다. 검푸른 우주와 무수히 반짝이는 별이 침착한 두 눈동자 속에서 빛났다. 어디서 새 우는 소리가 희미하게 들려왔다.

네 개의 달은 점점 작아지더니 영영 보이지 않게 되었다. 아이들은 줄을 지어 돌아갈 준비를 했다. 갑자기 아기가 버둥거리며 울음을 터뜨렸다. 여자애는 아기를 어르며 귓가에 뭐라고 속삭였다. 작고 부드러운 노랫소리가 내 귀에 어른거렸다. 낯익은 곡이었다. 어린 시절 내 귓가에 누가 불러 주던 자장가. 그럴 리 없었다. 내 기억에 그런 노래를 불러 주던 사람은 없다. 하지만 분명 귀에 익었다. 뭔지 모를 부드러운 것이 내 몸을 감싸는 듯했고, 이내 눈앞이 가물가물해졌다.

정신을 차리자 숲은 이미 아이들을 모두 삼켜 버리고 다시 안개 속에 잠겨 있었다. 모든 것이 꿈 같았다. 맨 뒤에 따라가던 여자애가 갑자기 멈춰 뒤돌아본 것 같았지만 어슴푸레했다. 나와 눈이 마주친 것도 아마 착각일 것이다.

숙소로 돌아가자 아빠는 뒷마당에서 지붕을 향해 빈 맥주 캔을 던지고 있었다. 맥주 캔은 한 개도 지붕에 닿지 못하고 허공만 가로질렀다. 엄마는 소파에 앉아 있었다. 엄마는 아래층 방을 쓰고 싶은데 괜찮겠냐고 물었고 나는 소파에서 자겠다고 대답했다. 엄마가 방으로 들어가며 뭐라고 중얼거렸는데 확실치 않지만 미안하다고 한 것 같았다. 아빠는 밤이 이슥해서야 비틀거리며 계단을 위태롭게 밟아 위층으로 올라갔다.

나는 밤새 한숨도 자지 못했다. 위층에서 들려오는 코 고는 소리 때문인 것 같았다. 창으로 푸르스름한 새벽빛이 비쳐 들자 나는 침대에서 일어났다. 집으로 돌아가는 날이었다.

짐을 다 싸고 나니 재킷 차림의 여직원이 숙소로 찾아와 체크아웃 수속을 도와줬다. 아빠는 매니저를 찾았다. 외출 중이라고 직원이 말했다. 거참, 되게 바쁘군. 아빠가 말했다. 직원은 죄송하다고 하더니 사고 때문이라고 작은 목소리로 덧붙였다. 어쨌든, 그동안 고마웠다고 전해 달라고 아빠는 말했고 직원은 그러겠다며 미소를 지었다.

호텔을 떠난 차가 달린 지 얼마 되지 않아 길 아래로 푸른빛이 보이기 시작했다. 그랜드 캐니언이었다. 절벽 아래 고요하고 시원한 초록 웅덩이와 내가 물을 가를 때마다 하얗게 흩어지던 물고기 떼를 잠시 떠올렸다.

하지만 그날과 다른 풍경이 차창 앞으로 나타났다. 길가에 자동차 몇 대가 멈춰 서 있고 사람들이 모여 있었다. 구급차도 한 대 있었다.

"사고라도 난 모양이군."

아빠가 속도를 늦추며 차창을 열었다. 조수석에 앉은 나도 아빠를 따라 고개를 돌렸다. 구조 대원들이 들것을 들고 구급차를 향해 달리고 있었다. 들것에 누워 있는 사람은 잘 보이지 않았다. 들것 아래로 물이 뚝뚝 떨어졌다. 구조 대원을 뒤따라 남자 하나가 흠뻑 젖은 채로 미친 사람처럼 달리고 있었다. 매니저였다. 아빠는 그대로 차를 몰아 지나쳤다. 나는 자리에서 엉덩이를 들고 몸을 돌려 뒤 유리창으로 내다보았다. 아빠가 내게 뭐라고 말했지만 귀에 들어오지 않았다. 아빠가 내 어깨를 거칠게 잡고 눌러 앉혔을 때는 구급차가 완전히 보이지 않게 된 뒤였다.

나는 차창 밖을 멍하니 내다보며 내가 본 장면을 생각하고 또 생각했다. 내가 마지막으로 본 것은 그 여자애였다. 여자애는 매니저를 따라 달리고 있었다. 젖은 원피스는 다리에 달라붙어 있고 검고 긴 머리에서는 물이 뚝뚝 떨어지고 있었다. 잘못 본 것이 아니라면, 여자애는 울고 있었다. 잘못 본 게 아니라는 것을, 나는 잘 알고 있었다.

그것이 우리 가족의 마지막 휴가 여행이었다. 아빠와 엄마의 휴가 날짜가 계속 맞지 않았다. 나는 때로는 엄마와 함께 바닷가나 호숫가 호텔로 휴가를 떠나기도 하고, 아빠와 낚시를 가거나 집에서 피자를 시켜 먹기도 했다. 크리스마스트리 같은 나무가 울창한 숲속 호텔에 다시 간 적은 없었다.

종종 나는 꿈을 꾼다. 남자애가 초록 물속을 헤엄치는 것을. 아이는 물고기처럼 물살을 가르고 자유롭게 퍼덕인다. 마치 하늘을 나는 것처럼 보이기도 한다. 기적이라고 누군가 중얼거리는 소리에 나는 잠을 깬다.

때로는 벽에 스치는 모호한 그림자에 놀라 눈을 뜨기도 한다. 일렁이는 물결과 뜨거운 햇살, 신기루와 안개, 파르스름한 불빛과 하늘로 떠오르는 네 개의 달. 꿈은 명확하고 한동안 나를 떠나지 않는다. 베개에 얼굴을 묻고 다시 잠을 청하는 밤, 종종 뜨거운 물이 뺨을 타고 귓가로 스며들어 파도 소리가 난다. 해변에서 주운 소라 껍데기를 귀에 댔을 때처럼. 작은 소라 모양의 귀가 또렷하게 떠오른다.

호텔을 떠나는 마지막 날 새벽, 나는 수영장에서 남매를 기다리고 있다. 남자애는 놀라서 다가오지 않지만, 여자애는 그럴 줄 알았다는 듯 태연한 얼굴이다.

나는 남자애를 향해 말한다.

"수영하는 건 아주 쉽진 않지만 그렇게 어렵지도 않아."

남자애는 믿지 않는 얼굴이다.

"네가 물고기가 된 척할 수 있다면 말이야."

남자애는 눈을 동그랗게 뜨고 내 얼굴을 바라본다.

"물고기는 팔이 없는데도 헤엄을 아주 잘 치는 거 알지? 수영은 몸통을 움직여서 하는 거거든."

남자애는 곰곰이 생각해 보다 말한다.

"물고기는 그게 뭐더라, 날개 같은 게 달렸잖아요."

"날개? 아아, 지느러미? 대신 넌 다리가 있잖아. 튼튼한 다리가, 그것도 두 개씩이나."

남자애는 그래도 미심쩍은 얼굴이라 나는 시범을 보이기로
한다.

나는 수영장 속으로 들어가 물 위로 몸을 눕힌다. 몸은 바닥
에 가라앉았다가 잠시 뒤 떠오른다. 나는 두 팔을 몸에 붙인 채
다리를 가만히 휘저으며 물살을 가른다. 몸을 뒤집어 엎드려
떠 있는 것도 보여 준다. 역시 팔은 전혀 쓰지 않는다.

"쉽진 않아. 처음엔 특히. 하지만 한번 물고기가 되면 평생 수
영할 수 있지. 해 볼래?"

남자애가 불안과 기대를 동시에 품은 눈빛으로 제 누나와 나
를 번갈아 바라본다. 여자애는 아무 말도 하지 않고 아무 표정
도 짓지 않는다. 남자애가 나를 향해 고개를 끄덕인다.

"이왕이면 돌고래가 좋겠어."

당부인지 희망 사항인지 잘 모르겠지만 남자애는 내게 말한
다. 나는 대답한다.

"돌고래, 좋아."

물론 쉽지 않다. 남자애는 바닥에서 다리를 떼자마자 거꾸로
처박혀 물을 먹고 요란하게 기침을 해 댄다. 고꾸라지기만 수
십 번이었지만 남자애는 그만하겠다는 말은 하지 않는다. 나는
남자애의 배를 손으로 받쳐 준다. 새끼 돌고래가 힘이 빠지면
어미 돌고래가 업어 주는 걸 나는 본 적이 있다. 남자애는 내 팔
에 의지해 얼마간 물에 떠 있는 데 성공한다. 몇 번 반복했을 때,

나는 슬그머니 팔에서 힘을 뺐다. 아이는 가라앉지 않는다.

남자애에게 발차기를 가르쳐 준 뒤에 나는 그 사실을 말해 준다.

"넌 돌고래처럼 헤엄쳤어. 사실 난 아까부터 네 몸에서 손을 떼고 있었거든."

남자애는 발을 굴러 물속에서 방방 뛴다. 우리는 하이파이브를 한다. 그럴 리가 없지만 마치 하이파이브를 한 기분이다. 남자애는 의기양양한 얼굴로 제 누나를 향해 활짝 웃어 보인다. 비로소 여자애도 제 동생을 향해 미소 짓는다. 하얗고 가지런한 이가 드러나고 볼우물이 살짝 파인다. 나는 얼른 고개를 돌려 수영장 끝을 바라본다. 햇살이 은빛 물고기처럼 펄쩍펄쩍 뛰어오르고 있다. 조금 전에 여자애가 나를 향해 웃어 준 것도 같았다.

그날 아침 남자애가 웃던 얼굴을 나는 잊지 못한다. 그리고 마주 보던 여자애의 얼굴도. 부드럽게 퍼지던 여자애의 미소가 또렷하게 떠오르는 밤, 나는 잠에서 깨어나 그날 있었던 일이 진짜인지 생각한다.

아니다. 실은 마지막 날에도 나는 나무 그늘 아래서 그 아이들을 지켜보기만 했다. 그렇다. 그랬던 거다. 나는 다만 지켜봤을 뿐이다. 남자애는 영영 수영을 배우지 못하고 절벽에서 뛰어내리지도 않는다. 그랬다. 하지만 아니라는 걸 나는 알고 있다.

그날 남자애에게 수영을 가르쳐 준 것을 후회하며 나는 눈물을 흘린다. 물고기가 되어 보라며 우쭐댔던 그 순간의 나를 죽이고 싶도록 증오한다. 고요한 벌집을 향해 맥주 캔을 던진 것처럼 나는 잔인했다. 물고기가 물고기로 태어나듯, 나이가 들면 자연스레 터득할 수 있는 것도 있다고 아이에게 알려 주지 않은 것을 나는 후회한다. 꼭 수영할 필요는 없다는 것을, 평생 수영하는 법을 모른 채로 살아가는 사람이 훨씬 많다는 것을 나는 말해 줬어야 했다.

하지만 나는 정말로 보고 싶었다. 남자애가 물고기처럼 헤엄치는 것을. 그리고 내게는 더욱 보고 싶었던 것이 있다.

그 애를. 그 여자애를. 여자애가 웃는 모습을. 햇살 속에서 아직 보지 못한 것을 향해 미소 짓는 것을. 그것은 기적과 같은 순간이었다.

내가 보고 싶었던 것은 너였다는 것을 말할 기회가 이제 내게는 영영 없다.

고백

너를 처음 본 순간이 잘 기억나지 않는다.

기억력이 나빠서가 아니다.

너를 처음 본 순간,

주위가 너무도 환 _____ 해져서

아득해지고 말았다.

무수히 빛나는 해파리들이 둥둥 떠다니는 기분이었다.

그것만은 확실히 기억난다.

드디어 나는 고백한다.

매일매일 되뇌었던 문장을 너에게 말한다.

지금 나는 너에게 고백하려 한다.

잘될지 모르겠다. 너도 알겠지만 나는 말주변이 별로 없다.

어떻게 얘기해야 할까. 무슨 말로 시작할까.

해파리에 관한 이야기라면 할 수 있을지도 모른다.

검푸른 바닷속을 비행하는 아름다운 파라슈트, 그것은 자포동물문 해파리강과 해파리를 가리키는 말입니다.

내가 최초로 구사한 문장이었다. 어렸을 때 나는 하루 종일 텔레비전 앞에 앉아 있었다. 보는 것은 늘 해양 다큐멘터리였다. 방송이 끝나면 울음을 터뜨렸기 때문에 엄마는 다큐멘터리를 녹화해서 항상 틀어 줬다. 매일매일 똑같은 것을 보고 또 봤다. 덕분에 모두 외어 버릴 정도였다.

내가 성우와 비슷한 음성과 말투로 문장을 낭랑히 읊는 소리를 들고 거실 창문을 닦던 엄마가 달려왔다.

젤라틴은 해파리의 몸을 구성하는 주성분입니다. 그래서 해파리는 젤리피시라고 불립니다.

그렇게 내가 문장을 마치자 엄마는 울음을 터뜨렸다. 창문을 닦던 마른걸레로 눈물을 대충 닦은 엄마는 해파리에 대해 더 말해 주련? 하고 나에게 말했다. 하지만 나는 리모컨으로 재생 버튼을 눌렀을 뿐이다. 비명과 괴성, 으르렁거림, 흐느낌 등 인간보다는 유인원에 가까운 소리를 내던 5년 만에 최초로 문명의 언어를 구사한 나는 다시 익숙한 침묵으로 돌아갔다.

이 모든 건 엄마에게 들은 이야기일 뿐이다. 나는 전혀 기억이 나지 않는다. 그러나 해파리에 관해서라면 아직도 말할 수 있다.

해파리는 근육 수축을 통해 물을 아래쪽으로 밀어 내며 그 반작용으로 이동한다. 하지만 이런 반작용은 매우 미약할 뿐이다. 그래서 해파리는 조류의 흐름에 몸을 맡긴 채 이동한다.

너도 알 것이다. 하늘하늘. 해파리는 움직인다기보다는 춤을 춘다. 마치 하늘을 날아다니는 아름다운 나비 같다.

부유하는 움직임 때문에 해파리는 동물성 플랑크톤으로 분류된다. 플랑크톤의 어원은 그리스어 '플라네테스'에서 왔다고 한다. p. l. a. n. e. t. e. s. 나는 알파벳 하나하나를 발음해 본 적이 있다. 알파벳 하나하나에는 아무런 의미도 없다. 하지만 그것을 모아 보면 뜻을 갖게 된다. 방랑자, 그것의 의미이다.

행성이라는 뜻도 있다. 해파리는 검은 밤하늘을 부유하는 별이다.

이제 나는 해파리에 대해 아무것도 이야기하지 않는다. 하지만 어렸을 때 내가 이야기한 것은 오직 해파리에 관한 것뿐이었다고 한다.

너는 어린 시절을 얼마나 기억하는지 모르겠다. 나는 거의 아무 기억도 나지 않는다.

일주일에 한 번 가던 병원의 작은 방도, 그 방에서 지독히도 말썽 부리는 아기 토끼 세 마리가 나오는 그림책을 내게 읽어 주던 뚱뚱한 의사 선생님도 잘 기억나지 않는다. 의사 선생님은 그림책을 읽어 준 뒤 방을 엉망으로 어지럽힌 아기 토끼들은 이제 어떻게 될까, 하고 물었다. 그건 토끼들이 한 짓인데 왜 나에게 묻는지 나는 이해할 수 없었다.

진료실을 나오기 전 의사 선생님이 내 손에 쥐여 주던 비타민 캔디의 시큼한 맛도, 그때 내 손에 닿던 포동포동한 손의 감촉도 나는 전혀 기억할 수 없다. 뚱뚱한 의사 선생님의 의자 뒤 하얀 벽에 붙어 있던 그림도 기억나지 않는다. 그 그림 속에 노란 불을 밝힌 하얀 돛단배가 어두운 밤바다를 항해하고 있었다는 것도 물론 기억할 수 없다. 돛단배 뱃머리에 소년 하나가 앉아 있고, 그 소년을 둥근 달이 비추고 있던 것도 전혀 기억나지 않는다.

하지만 또렷한 기억 하나가 있다.

엄마는 날마다 나를 집 근처 공원에 데려갔다. 한가운데 작은 호수가 있고 호수 주변에는 나무가 그늘을 드리우고, 그 아래로 드문드문 벤치가 몇 개 놓여 있었다. 호수에는 오리 떼가 헤엄쳐 다녔다. 엄마 오리, 아빠 오리, 새끼 오리들. 서너 가족은 될 듯싶었다. 나는 오리를 무척 좋아했다. 오리는 멍청해서 좋았다. 물속에 들어가면 훨씬 좋은데 물 위에만 떠 있는 것도 멍청한 짓의 일부였다. 그것도 마음에 들었다.

엄마는 공원까지 가는 길에 손을 잡고 가자고 했지만 나는 절대로 점퍼 주머니에서 손을 빼지 않았다. 양손에 식빵 폭탄을 쥐고 있었기 때문이다. 식빵을 한 장 한 장 손으로 뭉쳐 둥글게 만든 것이다. 물을 살짝 묻히면 식빵은 더 잘 뭉쳐진다. 아침 먹은 뒤부터 줄곧 뭉쳐서 단단하고 둥그런 폭탄 두 개를 만들었다. 매일 오후 세 시 반, 나는 식빵 폭탄을 오리 떼에게 투척하곤 했다. 멍청하게도 오리들은 늘 똑같이 놀라며 난리법석을 치며 뒤집어졌다. 그게 특히 좋았다.

폭탄을 던지고 나면 벤치에 앉아 있던 엄마 옆으로 가서 앉았다. 아직도 흥분이 가시지 않아 나는 몸을 부르르 떨었다. 그때 유모차를 밀고 지나가던 아줌마가 엄마에게 인사하려고 멈춰 섰다. 날씨가 좋네요, 하고 아줌마는 말했다. 아줌마는 내게도 안녕, 하고 인사했지만 나는 호수 위에 떠 있는 오리만 바라봤다.

나는 그 아줌마가 별로 마음에 들지 않았다. 내가 옆집 울타리 앞으로 지나갈 때마다 말을 거는 것도, 날씨가 좋네요 하고 엄마에게 인사하는 것도, 날씨가 좋은 건 나도 아는데 자기만 아는 것처럼 말하는 것도, 마치 자기 집 울타리에 핀 장미꽃처럼 자기가 좋은 날씨를 만들었다는 듯이 짓는 미소도, 매일 밀고 다니는 검은 차양을 내린 유모차도, 그 유모차를 밀고 가끔 우리 집에 놀러 오는 것도, 유모차에서 내린 아이가 내 장난감을 만지는 것도 마음에 안 들었다.

그 애는 오리보다 더 멍청했다. 나이는 나하고 같은 다섯 살이었지만 걷지 못하고 기어 다녔다. 그 애 다리는 오리만큼이나 짧고 가늘어서 거의 보이지 않을 정도였다. 발은 아예 없었다.

이야기를 나누던 엄마와 아줌마가 웃음소리에 말을 멈췄다. 높고 커다란 웃음소리는 유모차 안에서 터져 나오고 있었다.

"뭐가 그렇게 재밌어?"

아줌마가 유모차 차양을 걷고 아이를 들여다보며 물었다.

"아, 엄마. 저기 좀 봐. 오리가 다리를 이렇게 막 파닥파닥해."

유모차 안에서 아이는 공이라도 튀기듯 두 손을 빠르게 흔들었다. 나는 역시 아이가 멍청이라고 생각했다. 제 말대로라면 다리를 파닥거려야 했다. 하지만 멍청이의 다리는 오리보다도 짧고 발은 아예 없으니 손으로 파닥거릴 수밖에 없었을 것이다.

아줌마는 호수 쪽으로 눈을 돌렸다. 그리고 잠시 바라보다가 말했다.

"진짜 그러네. 물고기 잡고 있나 봐. 물고기 잡아서 새끼 주려나 보다."

"아아. 엄마, 새끼 오리 참 귀엽지?"

아이가 제 엄마를 올려다보며 물었다. 아줌마는 고개를 끄덕여 주며 웃었다.

"엄마, 날씨가 좋지?"

"응, 하늘도 파랗다."

"엄마, 엄마."

"응?"

"날씨가 좋으니까 기분이 참 좋다."

"엄마도 그래."

아줌마와 멍청이는 마주 보며 빙그레 미소 지었다.

아줌마는 엄마에게 인사를 하고 유모차를 밀며 호숫가 저쪽으로 멀어져 갔다. 물론 내게도 인사했지만 나는 호수 위 오리만 바라보았다.

그때였다. 울음소리가 터져 나왔다.

작게 흐느끼던 울음소리는 점점 커졌고, 엄마의 어깨가 위아래로 들썩였다.

나는 엄마가 아픈 줄 알았다. 아니면 텔레비전이 보고 싶거나. 열이 너무 심하게 나거나 아빠가 텔레비전을 꺼 버렸을 때, 나는 엄마처럼 울었다.

어흐흐흑, 하며 엄마는 주먹을 꼭 쥐고 울었다. 나중에는 주먹으로 가슴을 때리고 쥐어뜯으며 울었다. 엄마가 울음을 그칠 때까지 나는 호수 위 오리만 바라보았다. 내게는 열을 내릴 물약도, 텔레비전 리모컨도 없었기 때문이다. 긴 시간이 흐른 뒤 울음을 그친 엄마는 나를 안아 주려 했지만, 여느 때와 마찬가지로 나는 엄마 품에서 빠져나와 호숫가로 달려갔다.

너에게 고백하려는 게 이 이야기는 물론 아니다.

나는 언젠가부터 다큐멘터리를 보지 않게 되었다. 정확히 언제부터인지는 모르겠다. 말했다시피 나는 어릴 때 일은 전혀 기억나지 않는다. 초등학교에 입학한 뒤로 아침이면 담임선생님에게 인사를 한 뒤 다른 아이들이 교과서를 꺼내는 동안 가방을 메고 혼자 터벅터벅 복도를 걸어 다른 교실로 갔던 것도, 알록달록하게 칠해진 교실에서 꽥꽥거리거나 침을 흘리는 세 명의 아이와 책상을 붙여 놓고 낱말 카드 놀이나 숫자 맞히기 게임을 했던 것도. 그 교실은 뚱뚱한 의사 선생님이 내게 사탕을 주고 나면 옮겨 가던 방과 비슷했는데 그 방에서 나와 비슷한 나이의 아이들과 함께 한 것이 낱말 카드 놀이나 숫자 맞히기 게임이었다는 것도. 내가 낱말과 숫자를 하나도 맞히지 못한 것은 답을 몰라서가 아니라 의사 선생님 방에 걸려 있던 그림을 생각하고 있었기 때문이라는 것도, 노란 등불을 손에 든 아이는 어두운 밤바다를 가르는 배 위에 왜 혼자 앉아 있으며 어디로 가고 있는지 궁금해했던 것도 나는 기억나지 않는다.

하지만 또렷이 기억나는 게 하나 있다.

어느 날 밤 꿈에 하얀 돛단배가 나타났다. 배는 검은 바다에 떠 있고, 뱃머리에는 노란 등을 든 소년이 홀로 앉아 있었다. 여기까지는 그림과 똑같았다. 배는 조금씩 움직인다. 옆면을 보이고 있던 배가 방향을 틀기 시작한다. 배는 이제 90도 회전해서 내게 정면을 보인다. 옆모습만 보이던 소년도 나를 마주하고 앉아 있다. 어느 순간 배는 그림을 뚫고 나온다.

액자 속에서 튀어나온 배가 내게로 다가온다. 검은 바다를 가르고 내 앞으로 헤엄쳐 온다. 하지만 좀처럼 가까워지지는 않는다. 마치 뒤에서 배를 당기는 강한 힘이 있는 것처럼 배는 제자리를 벗어나지 못한다. 여전히 배는 멀리 떨어져 있다. 순간 돛이 크게 부풀어 오른다. 파도가 거세어진다. 검은 파도가 크게 출렁여 배는 좌우로 기우뚱한다.

멀리서 소리가 들려온다. 그르렁거리는 짐승의 나직하고 음산한 울음소리가. 소리는 이내 멈춘다. 정적. 아무 소리도 들리지 않는다. 갑자기 따닥, 하고 화약 터지는 소리가 난다. 하늘이 번쩍 갈라진다. 이내 콰르르 쾅, 하는 요란한 소리가 바다를 때린다. 쏴아아 비가 퍼붓기 시작한다. 돛은 팽팽해지다 못해 더는 견디지 못하고 쫙 찢어져 버린다. 노란 등불은 미친 듯이 흔들리다가 어느 순간 사라져 버린다. 아무것도 보이지 않는다. 아무것도 없다. 모든 것이 사라져 버린다.

그런 꿈을 매일매일 꾸었다.

자다가 깨어나면 가슴이 두근거려 한동안 잠을 이루지 못했다. 열이 나지 않는데도 눈물이 났다. 텔레비전을 보고 싶은 것도 아니었다. 매일 같은 꿈을 꾸었다.

아직 고백하고 싶은 이야기는 하지 않았다. 그런데 어떻게 시작해야 할지 모르겠다. 그 전에 이 이야기를 하면 좀 나을까. 역시 해파리 이야기다.

얼마 전에 나는 해파리와 직접 만난 적이 있다. 그날은 엄마의 생일이었고 우리 가족은 중국 음식점에 갔다. 나는 식당에 도착하자마자 집에 가고 싶었다. 식당에 사람이 너무 많았다. 커다란 접시에 담긴 요리들이 차례로 나왔지만 나는 어느 것에도 손대지 않고 짜장면이 나오기만을 기다렸다. 아빠는 접시 하나를 가리키며 요리를 먹으면 즉시 짜장면을 주문해 주겠다고 했다. 몹시 흉측해 보이는 음식이었다. 맛은 더 흉측했다. 씹자마자 물컹하면서도 이에 달라붙는 게 영 기분이 나빴다. 나는 앞 접시에 뱉어 버렸다. 아빠는 웃으며 말했다. 그게 바로 네가 좋아하는 해파리라고. 아빠는 내게 한 입만 더 먹어 보라고 했지만 나는 물로 입을 헹구어 냈다. 해파리여서가 아니라 식감이 이상해서 먹지 않았을 뿐이다.

그건 해파리가 아니었다. 해파리라고 해도 그저 해파리라고 불리는 어떤 물체였을 뿐이다. 나의 해파리와는 전혀 달랐다. 영롱한 빛으로 검푸른 바닷속을 조용히 떠다니는 아름다운 생명체, 아득한 우주를 고독하게 유영하는 별, 그것이 나의 해파리였다.

이제 고백을 해야만 한다는 걸 안다. 나는 너를 너무 오래 기다리게 했다.

하지만 이 이야기는 꼭 하고 싶다. 돛단배, 그림을 뚫고 내게로 헤엄쳐 오던 배에 관한 이야기다.

나는 매일 밤 조용히 기다렸다. 검은 바다 위의 노란 등불이 내게로 다가오는 것을.

그르릉. 정적. 따닥. 번쩍. 콰르르 쾅. 쏴아아.

나는 귀를 찢는 포효에 몸을 떤다. 하지만 나는 알고 있다. 조금씩 조금씩 다가오는 것을. 분명 전날보다 배는 내게 가까워져 있다. 폭풍과 파도에 삼켜져 버리지만 다음 날 배는 다시 내게로 헤엄쳐 온다. 어제보다 조금은 가까이에서 사라진다.

이제 정말 고백을 해야겠다. 나는 말을 잘하지 못한다. 그래서 나는 줄곧 연습해 왔다.

언제부터인지는 모르지만 계속 반복해서 연습했다. 말했다시피 나는 기억력이 별로 좋지 않다.

그러나 한 가지 장면은 또렷이 기억난다.

어느 날 밤 꿈이었다. 폭풍우가 지나간 뒤 아무 소리도 들리지 않던 암흑이 서서히 열어졌다. 그리고 파도 소리가 희미하게, 아주 희미하게 들려오기 시작했다. 소리는 더 이상 커지지 않고 반복적으로 들려온다. 자장가 소리처럼. 사방이 차츰 밝아진다. 빛은 바닷속에서부터 스며 나온다. 영롱한 빛을 내는 부드럽고 연약한 해파리들이 하늘하늘 헤엄치며 수면 가까이

로 둥실 떠오르고 있다. 수면은 프리즘을 통과한 빛처럼 무지
갯빛으로 빛난다. 노란 등불이 공중으로 날아올라 하늘의 빛나
는 태양이 되었다. 바다는 찬란한 푸른색을 되찾았다.

그때를 위해 나는 연습했다.

눈부신 햇살 아래, 푸른 파도를 가르고 다가와 내 눈앞에 나
타난 배. 뱃머리에 앉아 있던 소년이 천천히 일어나 나를 바라
본다. 눈이 부신 태양에 나도 실눈을 뜨고 소년을 올려다본다.
소년의 얼굴은 어쩐지 내가 알고 있는 얼굴인 것 같다.

이제 고백을 해야겠다.

매일매일 열심히 연습했지만 잘될지 모르겠다.

너를 처음 본 순간이 잘 기억나지 않는다. 기억력이 나빠서
가 아니다. 너를 처음 본 순간, 주위가 너무도 환해져서 아득해
지고 말았다. 무수히 빛나는 해파리들이 둥둥 떠다니는 기분이
었다. 그것만은 확실히 기억난다.

드디어 나는 고백한다. 매일매일 되뇌었던 문장을 너에게 말
한다.

"날씨가 좋다."

너는 눈을 동그랗게 뜨고 나를 바라본다.

나도 안다. 내가 너에게 말을 건 것은 오늘이 처음이다. 너도
알다시피 나는 우리 반 누구와도 한마디도 나누지 않는다.

너는 아무 대꾸도 하지 않는다. 더 동그랗게 크게 뜬 눈으로
말없이 나를 바라보기만 한다.

너는 의사 선생님이 읽어 주던 그림책 속의 아기 토끼보다 더 귀엽다. 호수 위의 새끼 오리보다 더 예쁘다. 살랑 부는 바람보다 더 부드럽다. 눈부신 햇살보다 더 빛난다. 야광 해파리보다 더 신비롭다.

내 고백을 듣고 네가 대답해 주었으면 좋겠다.

응, 날씨가 좋으니까 기분이 좋네.

그러면 이 말을 할 수 있을지도 모른다.

나도 좋아.

또 이 말을 덧붙일 수 있을지도 모른다.

좋아해……, 너를.

해파리 이후로 처음으로 나는 문장을 말한다. 너를 본 순간부터 하고 싶었던 고백을.

나는 너를 좋아해.

한동안 글을 쓰지 못했다. 세상은 흉포하고 상황은 답답했다.
어른이 되고 싶지 않다는 아이들을 많이 만났다. 희망과 꿈
대신 포기와 좌절을 먼저 배운 아이들에게 너희가 아직 알지
못하는 좋은 세상이 있다고, 차마 말하지 못했다. 어른 못지않
게 어둡고 그늘진 눈을 보며 아득함을 느꼈다. 그러나 그 눈이
빛나는 순간이 있었다. 가슴 뛰게 하는 것이 아이들에게는 조
금은 남아 있었다.

지키고 싶었으나 빼앗긴 것들, 지켜야 했으나 잃은 것들. 그
래서 우리가 오랫동안 잊었거나 잃었거나 혹은 포기하고 외면
했던 것들. 그것은 아마도 소중한 것들이었을 것이다.
지금도 우리는 잊거나 잃어가고 있다.

그럼에도 불구하고 지키고 싶은 것들이 아직은 있어, 다시 써 보자 했다. 무언지 모를 소중한 것이 있다면, 그것에 대해 쓰고 싶었다. 잊거나 잃고 싶지 않기 때문이다.

책이 나오기까지 애써 주신 사계절출판사 편집자님들께 감사하다. 그리고 언제나 나의 가장 든든한 힘이 되어 주는 부모님과 내 자매들, 고맙다.

이 세상에서 무엇을 아름답게 여기고, 무엇을 구해야 하며, 무엇을 우리는 지켜야 할까.

2017년 봄을 기다리며, 최상희

바다, 소녀 혹은 키스

2017년 3월 17일 1판 1쇄
2018년 5월 31일 1판 3쇄

지은이 최상희

편집 김태희, 장슬기, 나고은, 김아름 | **디자인** 홍경민
제작 박홍기 | **마케팅** 이병규, 양현범, 이장열

인쇄 천일문화사 | **제책** 정문바인텍

펴낸이 강맑실
펴낸곳 (주)사계절출판사 | **등록** 제406-2003-034호
주소 (우)10881 경기도 파주시 회동길 252
전화 031)955-8588, 8558 | **전송** 마케팅부 031)955-8595 편집부 031)955-8596
홈페이지 www.sakyejul.co.kr | **전자우편** skj@sakyejul.co.kr
블로그 skjmail.blog.me | **페이스북** facebook.com/sakyejul | **트위터** twitter.com/sakyejul

값은 뒤표지에 적혀 있습니다. 잘못 만든 책은 구입하신 서점에서 바꾸어 드립니다.
사계절출판사는 성장의 의미를 생각합니다.
사계절출판사는 독자 여러분의 의견에 늘 귀 기울이고 있습니다.
이 책은 저작권법에 따라 보호받는 저작물이므로 무단전재와 무단복제를 금합니다.

ISBN 979-11-6094-015-2 44810
ISBN 978-89-5828-473-4 (세트)

이 도서의 국립중앙도서관 출판시도서목록(CIP)은 e-CIP 홈페이지
(http://www.nl.go.kr/cip.php)에서 이용하실 수 있습니다.(CIP제어번호: CIP2017004331)

• 이 책은 2016년 대산문화재단 대산창작기금 수혜작입니다.